双子探偵 詩愛＆心逢

鈴木大輔／著
深崎暮人／イラスト

TO文庫

美少女双子姉妹またまたお手柄

快進撃！

手毬坂新報
発行所　手毬坂女子学園新聞部
発行人　五道院京香
号外

飛ぶ鳥を落とす勢いとはこのことか。白雪詩愛さん（15）と白雪心逢さん（15）がまたしてもやってくれた。

姉の詩愛さんは、去る4月29日に開催された道玄坂ギターコンテストにて金賞を獲得。妹の心逢さんは、同じく4月29日に開催されたセンター街短編小説賞にて、入選の快挙を果たした。

度重なる活躍により、入学して一ヶ月足らずで、学園内でもっとも有名な生徒となった双子の姉妹。とどまるところを知らない彼女たちの活躍は、いったい何が原動力となっているのだろう？

「日々の努力。これに尽きるかな」（詩愛さん）

「たくさんの運と少しの実力。結果がついてくるのはたまたまですよ」（心逢さん）

華やかな見た目に似ず、どこまでも奥ゆかしい。そんなふたりだからこそ、手毬坂の誰もが彼女たちに憧れの目を向けるのだろうか。まだまだ先の長い高校生活において、学外活動に学園祭に、今後の動向も気になるところだ。

またとある情報筋によると、彼女たちふたりは【探偵】としても活躍しているとの噂。どこからともなく持ち込まれた学園内のもめごとや困りごとを、人知れず解決しているのだという。音楽と文芸の才能だけでなく、探偵の才能まで有しているとなれば、きっとこの先も手毬坂に明るい話題を提供してくれるにちがいない。

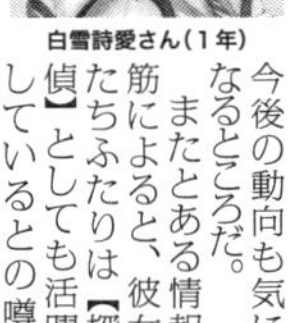

白雪詩愛さん（1年）

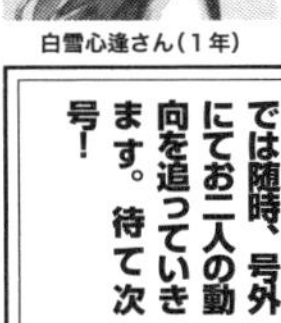

白雪心逢さん（1年）

《追記》
新聞部発行の【手毬坂新報】では随時、号外にてお二人の動向を追っていきます。待て次号！

「……ま、自分らにかかればこんなもんかな！」

私立手毬坂《てまりざか》女子学園、学生寮【叢風館《そうふうかん》】の一室にて。

学園新聞の手毬坂新報を広げながら、白雪詩愛《しらゆきしあ》はご満悦《まんえつ》の表情でうなずいた。

「悪い気はしないねえ。【快進撃！】【飛ぶ鳥を落とす勢い】……どちらも承認欲求をくすぐってくれるワードだし。【美少女双子姉妹またまたお手柄】ってアオリも〝わかってる〟感あるっていうか。この記事を書いた新聞部の人、才能あるなァ」

「見る目がありますよね、この学校のみなさんは」

同じく学園新聞を広げながら、白雪心逢《みあ》はふんぞり返った。

「もっとも、心逢たちが目立っているのは単なる事実ですけど。コンテストで金賞を取って、小説賞で入選して——立てば芍薬《しゃくやく》、座れば牡丹《ぼたん》なのも事実ですし、廊下を歩くだけでも視線を集めるし。もはやアイドル扱いですよ。学園新聞で持ち上げられるのも当然の結果と言えますね」

白雪詩愛。

白雪心逢。

この年の春、手毬坂女子学園に入学したばかりの、双子の姉妹だ。

「入学してたったの一ヶ月！」

「それでいて学園内で注目の的！」

学生寮【叢風館】の二人部屋にて詩愛と心逢は同室。近代的な建築で、生徒のプライバシーに配慮して防音も万全。少しばかり騒いだところで話し声は外に漏れない。

「コンテストで金賞！」

「小説賞で入選！」

「入学デビュー大成功！」

「人生バラ色！」

六畳の密室で、双子は意気軒昂だった。その姿には、学園新聞で称えられた奥ゆかしさはこれっぽちも見られない。

「それゆけ白雪姉妹のお通りだ！」

「双子が通れば道理が引っ込む！」

「美しいだけでなく奥ゆかしい！」

「そのうえ才能まであってすいませんね！」

「選ばれし者たち！」

「ノブレス・オブリージュ！」

いえーい！　と。

ジュースの入ったコップを高々と掲げ、双子はハイタッチを交わす。

晩春の夜。夕食も入浴も宿題も済ませ、エアコンの効いた部屋で喉を潤す黄金色のりんご果汁は、まるで未来を祝福するかのように甘い。

そうしてひとしきり高揚感を味わったふたりは、どちらからともなくため息をついた。

はあ。ふう。

肩を落としてうなだれる双子の姿は、ほんの一秒前とは打って変わって重い。

「……いやー。ちょっと過大評価されすぎじゃないかなー?」

詩愛が頭をかいた。

「金賞って言っても、真ん中よりちょっと下、ぐらいの賞なんだけど。参加してた人も少ないし、見に来てたお客さんも少ないし」

「そっちはまだマシですよ」

心逢が恨めしそうに姉を見る。

「心逢の入選なんて、参加賞に毛が生えたぐらいのものですから。運営のお情けで頂いてる賞です。もらえたのは百均の文房具コーナーで売ってるノート三冊」

「モノをもらえただけまだマシじゃん。自分なんてひどいよ? 主催者の人と握手して、写真撮っただけ」

「心逢の短編小説は二週間ぐらいかけて書いた新作ですから。詩愛さんが演奏した曲って、だいぶ前に作ったやつの焼き直しでしょう? かけてる労力が違いすぎます」

「自分だって練習はちゃんとしてるし」

「ワンパターンのコード進行だけでゴリ押ししてるギターソロのことですか? この間のコンテストも、絶対ミスしない自信のあるアルペジオを適当に鳴らしてお茶を濁したんでしょう？」

「心逢ちゃんだって、元ネタばればれのでっちあげ短編だったじゃん。乱歩《らんぽ》の【屋根裏の散歩者】のパクリっしょ？　あれでよく参加賞だけでももらえたよね。下読みで落とされなかっただけ感謝するべきなんじゃね？」

詩愛と心逢はにらみ合った。

おでことおでこがくっつきそうなぐらいに顔を寄せ、眉間にしわを作り、くちびるをひん曲げてメンチを切っている。その姿は控えめに言ってもブスだった。【美少女双子姉妹】の看板など見る影もない。

「……はあ」

「……ふう」

ため息をついて双子は矛を収める。不毛な争いをしている自覚を持てる程度には、まだ彼女たちは冷静さを保っていた。

「実際のところどうなんかな？」

「どうなんかな、って何がです」

「過大評価の話。いつの間にこんなことになっちゃったかなあ」

「まさにいつの間にか、ですよ。心逢たち、ごく普通の新入生だったつもりなんですが。高校デビューしてやろう、みたいな気持ちも別になかったですし」

「やっぱ目立つのかな双子は」

「似てますからね、心逢と詩愛さんは。見た目そっくりな女子高生が並んで歩いてたら、やっぱりみなさん振り返って見ますよ、学校の中でも外でも。高校に入る前までは田舎暮らしだったから、そんなに注目はされなかったですけど」

「東京に出てくるとアレかな、やっぱ美少女は周りが放っておいてくれないんだね」

「その点は否定できないでしょうね」

ふたりして腕組みをし、難しい顔をする。

「けっきょく心逢たち、キャラが立ってた、ってことだと思うんですよ。見た目そっくりで、顔も良くて、片方は音楽やってて、もう片方は小説やってて。詩愛さんはしゃべり方までキャラづけしてますからね」

「その点は心逢ちゃんだって人のこと言えないっしょ？ 誰に対しても丁寧語しゃべりしてるじゃん。ちょっとでも自分を賢くみせようとしてさ。背伸びしてもいいことないと思うんだけどねえ」

「ケンカ売ってます？」

「買ってくれるなら売りますケドー？」

にらみ合った。

すぐやめた。そして再びの難しい顔。

「あとはアレかな。自分らだいぶ調子に乗ったんで……」

「それはありますね……最初から『なんかすごい人たちかも？』みたいな扱いをされたか

ら、ついついその波に乗っちゃったというか……【天才美少女双子姉妹！】とか言われて、うっかりその気になってしまったというか……」

「学園新聞のインタビュー受ける時もめっちゃドヤ顔してたもんね、心逢ちゃん」

「詩愛さんのドヤ顔も相当なものでしたけど？　両手でろくろ回す仕草しながら得意げに受け答えしてましたよね？」

「ケンカ売ってんの？　……いやそんなこと言ってる場合じゃないか。これからどうする？」

「どうする、とは？」

「このキャラのままでいくのか、ってこと」

詩愛が渋い顔をする。

「今ってなんか、周りからホントにアイドルみたいな目で見られてるし。このままだとだらしない格好とかできない雰囲気だし。授業中に居眠りしたりとか、教室であぐらかいたりとか、スカートの中に下敷きで風を入れたりとか」

「ホントそれですよね……」

心逢が悩ましげな顔をする。

「注目の的になるって、いいことばかりじゃないといいますか。心逢たち、普通の友達とかいないですもんね。周りにいるのはファンとか信者みたいな人ばかりで。基本的には遠巻きに見られてるし」

「だよねー。そういう人たちがアイドル扱いしてくれるもんだから」

「心逢たちもつい、調子に乗ってしまうというか」

「調子に乗ると、なんか〝ちゃんとしてなきゃいけない空気〟みたいなのを感じ始めるんだよね」

「ホントそれです。一種の同調圧力なんですかね？　とにかく肩が凝りますよ、周りから妙な期待をされてる状況というのは」

「それにアレだよね。自分らって〝ふたりでひと組〟みたいに数えられてるっぽいというか。〝あのふたりは絆が強いはずだから割って入るのは遠慮しよう〟みたいな空気あるというか」

「おかげで地味にぼっちなんですよね。人気はあるのに」

「お昼ごはん食べてる時も、いつも自分らふたりだけ。周りの人たちはそれだけでキャーキャー言ってくれるけど」

「期待されすぎるのも重たいんですよ。みなさんってもしかして、心逢たちが芥川賞とかグラミー賞でも取ると思ってるんじゃないですかね？　いや取れないですから。あと十年ぐらいは」

双子の愚痴が続く。

はあ、とため息をついて、ふたりはアンニュイな気分で天井を見上げる。甘かったはずのりんごジュースがやけに酸っぱい。

「……まあ、でも」

天井を眺めながら詩愛がこぼす。

「チヤホヤされるのって、オイシイよね」

「ぶっちゃけそれはありますね」

同じく天井を眺めながら心逢が同意する。

「キラキラした目で見られるのって、シンプルに気持ちいいっていうか」

「めちゃくちゃわかります。プレゼントとかもらいますよね、たまに」

「そうなんだよねー。このあいだもらった手作りのクッキーとか、地味にありがたかったなー……自分ら育ち盛りなんで。いつもお腹ぺこぺこなんで」

「〝ふたりでひと組〟っていうのも、あながち間違っていませんしね」

「まあ最悪、自分らふたりだけでぼっち、っていうのも悪くないかもね。高校三年間ずっとそれなのはどうかと思うけど」

「まあゆっくりのんびり、でいいんじゃないでしょうか？　塞翁《さいおう》が馬、って言葉もありますし、きっとこれもいい経験でしょう。わたしたちの目的さえ忘れてなければ」

「そーね。そのうち誤解も解けていくっしょ。自分ら、アイドル的なポジションあんま向いてないし。勝手に化けの皮が剥がれていくと思うな。自分らの目的さえ忘れてなければ何でもいいか」

白雪詩愛と白雪心逢。

双子の姉妹はちょっと美人で、ちょっと才能もあって、わりと調子乗りで、そしてまあまあ図々しかった。

「じゃ、いけるところまでいっちゃいます？」

「そうしてみましょうか。周りから求められてるわけですし、祭り上げられてみるのも悪くないかと。立場が人を作る、みたいな言葉もありますしね」

「ところで何なの【探偵】って。自分らそんなことやったっけ？」

「あれですよたぶん。このあいだ助けてあげたじゃないですか。学生寮で困ってる人がいて――」

「あー、あれか。いやでも人助けぐらい誰でもするっしょ？　自分ら大したことしてなかったよね？　あんなので【探偵】とか言われてもなァ」

「ていうか〝とある情報筋〟って何ですか。どこの誰が何の筋の話をしてるんでしょうね？」

「ま、どっちでもいいっしょ。こっちは乗れるだけ乗っかっていくだけなんで。……ていうかギターの練習しよっと。金賞取ったぐらいじゃ話にならないしね、実際」

「まったくです。心逢も次回作のプロットを考えます。入選なんて、何も成し遂げていないのと同じですから」

†

ひとしきり〝作戦会議〟をしてから、詩愛はギターを手に取り、心逢はノートパソコンを開ける。

この時のふたりはまだ、甘くみていた。

詩愛も心逢もちゃんと理解してはいなかったのだ。

私立手毬坂女子学園の、ちょっとばかり特異な事情を。

学園内で目立ちまくっている双子の新入生、という存在が一人歩きし始めて、ことのほか大きな影響力を持つに至る未来を――当人たちはまだ、知るよしもない。

新展開！
美少女双子姉妹《目安箱》を設置！

手毬坂新報

発行所　手毬坂女子学園新聞部
発行人　五道院京香

号外

双子の勢いが止まらない。白雪詩愛さん(15)と白雪心逢さん(15)の新情報を新聞部はキャッチした。

それが〃目安箱〃だ。かつて手毬坂女子学園に存在した、生徒の意見を広く募るためのシステムを、詩愛さんと心逢さんが現代によみがえらせたのだという。

新聞部ではさっそくふたりに話を聞いた。

「学園の人たちの役に立てるなら嬉しいかな、と思って」（詩愛さん）

「できることは限られるかもしれませんが、微力を尽くします」（心逢さん）

設置されたばかりの目安箱には、すでにいくつもの要望書やファンレターが投げ込まれているとのこと。学業と並行しての新しい試みは大変な労力が必要になるはずだが、詩愛さんも心逢さんも『わたしたちにできることがあれば』と口を揃える。【双子探偵】としての顔も持つふたりにとっては、誰かのためになることが人生のエネルギーになっているのだろう。記者は頭が下がる思いがした。

また新聞部では、詩愛さんと心逢さん、それぞれの芸術活動の進展についても聞いてみた。

「ぼちぼちかな。目指してるところはまだ先にあるんで」（詩愛さん）

「順調です。でも、現状に満足してしまったらそこで終わりですから」（心逢さん）

さすがは天才美人双子姉妹、志の高さも本物のようだ。現在は新曲や新作の構想を練っている段階とのことだが、そう遠くない先に彼女たちのさらなる活躍が見られることだろう。月末には定例の全校集会も開かれる。引き続き注目してその時を待ちたい。

▲白雪シスターズ

《追記》
新聞部発行の【手毬坂新報】では、号外を増やしてお二人の動向をさらにくわしく伝えていきます。また新聞部では新入部員を募集中！　連絡は新聞部部長・五道院京香まで。

「……うわ。入ってるよ手紙」

目安箱を開けた白雪詩愛が目を丸くした。

「ひい、ふう、みい、よ——全部で六通も！」

「ヒマな人たちがいるものですねぇ。この箱が置かれてからまだ一日も経ってないのに」

白雪心逢も呆れ声をあげて、六通の投書に目をやる。

学生寮【叢風館】の廊下。

目安箱、と毛筆で大書されたシンプルなボックスが、双子の部屋のドア横に設置されていた。そろそろ消灯時間を迎えようとしているこの時刻、廊下には他の寮生の姿はない。

「まあとりあえず……読んでみる？」

「心逢たちに宛てたものなんでしょうからね、たぶんですけど。まさか捨てるわけにもいかないでしょう。読んでも問題ないのでは？」

部屋に入って投書の中身をあらためてみた。

そのうちの三通はファンレターだった。女子力の高そうな可愛らしい封筒に、これまた可愛らしい便せん。達筆、丸文字、クセのある筆致、で、それぞれ白雪姉妹への想いが記されている。

「うひゃあ。ホントにファンレターだ！」

「ですねえ。本当にファンレターですねえ」

ベッドの端に並んで腰掛け、ふたりは食い入るように文面を読みふける。

「あ。この人ってギターコンテストに来てくれたんだ。道玄坂の会場まで聴きに来てくれたのかなァ」

「こっちの人も。読んでくれてるんですねえ、心逢が小説賞で入選した短編を。主催者のウェブサイトに載ってはいるんですけど、けっこうちゃんと探さないと見つけられないコンテンツなんですよね」

「〝ふたりとも顔面偏差値が高い〟って書いてある」

「〝脚がキレイでスタイルがいい〟とも書いてありますね」

「〝双子探偵が学園を歩いてると、それだけで場の雰囲気が明るくなります〟だってさ」

「〝見ているだけで目の保養になります、是非お二人で末永く仲良くしてください。でも逆にお二人がケンカしたとしても、それはそれで尊いです〟……ちょっと趣味がこじれてる気もしますけど、熱いメッセージではありますね」

うーん、と双子たちは腕を組んだ。

ニヤけ顔を抑えるのに苦労している仕草だ。

「実際どうなん？　心逢ちゃんは最近」

「どう、というと何が？」

「んー例えばさ、自分と心逢ちゃんってクラスは別々じゃん」

「ですね。双子ですし」

「クラスでの心逢ちゃんのポジションって、どんな感じ？」

「相変わらずですよ」

肩をすくめて心逢は答える。

「キラキラした目で見られてます。ちょくちょく話しかけられたりもするんですが——」

「芸能人にでも話しかけるテンションだったりしない？」

「ええまさにそれです。この間は握手を求められました」

「握手したの？」

「しなかったら空気悪くなるじゃないですか。しましたよ握手」

『『キャー！　心逢さんに握手してもらっちゃったー！』『すっごーい！　○○ちゃん勇気あるー！』みたいな反応だったんじゃない？」

「よく知ってるじゃないですか詩愛さん。もしかしてそちらも同じで？」

「うん。似たようなシチュエーションあった。自分の時は『一緒に写真撮ってください！』だったけど」

「撮ってあげたんですか？」

「そりゃね。別に減るもんじゃないし」

「調子に乗ってファンサービスもしてあげたとか？」

「まあねー。肩とか抱いて、顔もかなりくっつけて、ギャルピースして写真撮った。めっちゃキャーキャー言われて気持ちよかった」

「そういうところありますよね、詩愛さんって」

「心逢ちゃんだってファンサしたんでしょ？　斜め四十五度でニッコリ微笑んで、相手の手をわざわざ両手でギュッと握ったりして」

「見てたみたいに言いますね。その通りですよ」

ふう、とふたりでため息。

りんごジュースをグラスに注いで、それぞれの椅子に座る。

二人部屋の主な家具は二段ベッドに二台の勉強机。書棚にクローゼット、さらには小型の冷蔵庫にエアコンもしっかり設置されているから、私物は最小限で済む。ユニットバスまで完備されているあたりが寮生に好評だが、調理室や給湯室は共用だ。

「──で。問題はこっちか」

詩愛が残り三通の投書を手に取った。

こちらはいわば要望書である。〝目安箱〟の本来の役割は、生徒たちの意見を広く拾い上げるための装置だ。

「うちの学生寮って、学園の生徒なら誰でも出入り自由だからなー」

「学生寮に置いてある目安箱なんですからね、せめて利用できる対象が寮生だけだったらちょっとは楽できそうですが」

「ていうかこういうの、普通は生徒会とかの仕事だと思う」

「学生寮にだって元々あるんですよね、ご意見箱みたいなの。要望でも歎願でもそっちに入れたらいい気もしますけど」

「ま、しょーがないでしょ。自分ら【双子探偵】らしいんで」

「そんなのはですね、しょせんはゴシップ好きな新聞部が勝手に貼ったレッテルじゃないですか。心逢たち別に、華麗な謎解きとかできませんからね？　元々は学生寮で困ってる人をちょっと助けた話が、やけに大きくなって広がっただけですし」

「心逢ちゃんが悪いんじゃない？　インタビューでドヤ顔しながら語ってたっしょ。『江《え》戸《ど》川《がわ》乱歩の研究では、この白雪心逢の右に出る者はいませんね』『探偵は人類が発明したロマンそのもの。憧れがないと言えば嘘になります。探偵小説とはそもそも――』みたいなこと」

「ドヤ顔で探偵と乱歩を語っていた自覚はありますが、そこまで話を盛ってはいませんよ。乱歩の研究者が世の中にどれだけいると思ってるんですか。いくら心逢が調子乗りでも、身の程は知っています。……むしろ悪いのは詩愛さんの方じゃないですか？　『求められたらやりますよ、探偵だろうと何だろうと。期待に応えてナンボなのがロックだと思うんで』とか何とかインタビューで言ってましたよね？　探偵やることがロックになるってどういう理屈ですか。ロックって言っておけばとりあえず何とかなる、みたいなこと思ってませんか？」

　双子はにらみ合った。

　すぐやめた。

「そんなことよりこれ。要望書？　的なやつだけどさ」

「なんというか——引っかかる内容ですよねえ」

三通の投書を並べて、詩愛と心逢は首をひねった。

いずれも匿名の投書だ。ある意味では当然といえる。無記名での投函が可能であることが目安箱のいいところだし、素性を明かした上で依頼するなら面と向かって双子のもとを訪れれば済む話だ。

もっとも、面と向かって何かを頼んでくるような相手が学園にいないのも確かである。まだ入学したばかりな上に、詩愛も心逢も妙な形で孤立しているからだ。祭り上げられて遠巻きにされるというポジティブな形で。例外があるとすれば、事あるごとに取材を申し込んでくる新聞部ぐらいのものか。

問題は投書の内容だった。

どの投書も、書かれていることがある意味、ほとんど同じなのである。

「ひとつはこれ」

一通目の投書を詩愛が手に取る。

「字がいちばん上手いやつ。毛筆で書いてるのかな？　すごい達筆だよね。時候のあいさつから始まってきちんと結びの言葉も書かれてる。内容はだいぶ遠回しな言い方してるけど、要するに『生徒会長と寮長の身辺調査をしてほしい』ってことだよね」

「次はこれ」

二通目の投書を心逢が手に取る。

「可愛らしい丸文字ですね。いかにも女子、という感じの。顔文字とか絵文字みたいなのもたくさん入ってて、友達同士でやり取りする手紙みたいなテンションです。半分ぐらいはファンレターみたいな内容ですが――最後に書いてあるのは『新聞部部長と寮長の身辺調査をしてほしい』ということですね」

「最後にこれ」

詩愛と心逢は三通目の投書を手に取る。

「クセのある文字……上手いんだか下手なんだか」

「芸術点は高いかもしれませんね、ある意味。まあ読めるので問題はありませんが」

「これはもう単刀直入ってやつだ。『生徒会長と新聞部部長の身辺調査をしてほしい』としか書いてないね」

むぅ。

双子はくちびるをアヒルみたいな形にする。

「頭こんがらがってくる。なんかの謎解きゲームみたい」

「三人の人物がそれぞれ二人の人物について調査の依頼をしているわけですね。対象者は三人――生徒会長、新聞部部長、寮長。ある種の三すくみみたいな状態なんですかね？じゃんけんのグーチョキパーみたいな」

むむむ。

双子は眉間にしわを寄せて腕組みをする。

「これってどーゆーコト?」

「依頼なんじゃないですか。文字どおりそのまんま」

「いやそれはわかるんだけどさ。入学したばかりの一年生なわけじゃん、自分らって。この学校のこともぜんぜん詳しくないし。そんな自分らにこんな調査させてどうすんの?身辺調査をしたとして、それでいったい何が出てくるってわけ? しかも調査したとして誰に報告すんの? ぜんぶ匿名で来てる要望書だよね?」

「心逢に聞かれても困ります。まあ【探偵】の仕事ではありますね。心躍るタイプの仕事とは言いがたい、ものすごく地味なやつですが。学園新聞によれば【双子探偵】ってことになっているようですしね、心逢たちって」

「なんだかんだで読んでる人多いってことよね、学園新聞。号外もよく出してるみたいだし、地味に人気あるんだろなァ」

三通の投書。

三通りの筆跡。

三人の人物についての調査依頼。

「よくよく考えるとこれって——ミステリー小説のプロローグっぽいですね。意外にも正統派な感じの。ふむふむ。ほうほう」

「……心逢ちゃーん?」

詩愛が目を細める。

「なんか目の色変わってるけど？　もしかして楽しんじゃってる？　この状況」

「仕方ないでしょう、ここまでお膳立てされてるんですから。これでもいちおう文芸を志している身です、謎が提示されたら本能的に身体が反応してしまうんですよ。詩愛さんだって、素敵なコード進行が耳に入ってきたら勝手に身体が動き出すクチでしょう？　エアギターしたりヘドバンしたり」

「まあそれはそうだけどー」

双子はりんごジュースのグラスに手を伸ばす。

ほとんど同時に手に取ったグラスの中身は、会話が白熱しているうちにだいぶ温《ぬる》くなってしまっている。冷たさを失った糖度の高い果汁は、少しばかり喉ごしが甘ったるい。

「とはいえさー。今回は心逢ちゃんが悪いよね」

「は？　何を唐突に？　いきなりひとのせいにしないでくれます？」

「まあまあ。そんなトゲトゲしい声出さなくていいって。今回はたまたま心逢ちゃんがやらかしたけどさ、自分だってもしかしたらそっちの立場に立ってたかもしれないもんね。我ながらどうかとは思うけど、姉妹そろって調子乗りだからなー」

「いやだから。何が？」

「またまたとぼけちゃってー。双子の間で隠し事はなしだよ？　ウチらズッ友じゃん？ズッ姉妹じゃん？」

「とぼける、の意味がわからないと言ってるんですよ。言いたいことがあるならもっと具

「だって心逢ちゃんでしょ？　目安箱を作って置いたの」

「……………」

心逢は何とも言えない顔をした。虚をつかれたような、そして唐突に状況の本質を理解したかのような。

生まれてこのかた十五年の付き合いである。妹のその顔だけで、詩愛は察した。

「え、マジで？　心逢ちゃんじゃないの？」

「心逢なわけないじゃないですか。お調子者の自覚はありますが、こんな馬鹿げたものを自分で設置しない程度の分別もあります」

「じゃあ誰が置いたの？　この目安箱」

「もちろん詩愛さんでしょう。姉の酔狂もここまで来ると度しがたいですね、と思ってはいたんですが、口には出しませんでしたよ。双子の情けで」

「いやいや。自分だって作ってないよ、こんな面倒くさいモノ。そもそもいつ作ったっていうわけ？　今もこうやって同じ部屋で生活してるし、学校でもほとんど一緒に行動してるし。こんな夏休みの工作みたいな箱を作ってる場面なんて、お互いに見たことないでしょ？」

「それを言ったら目安箱を部屋の前に置く隙なんて、心逢たちにはお互いになかったことになるじゃないですか。……というか詩愛さん勝手に開けて中身を見たんですか？　自分が置いた目安箱でもないのに？」

「いやだって、心逢ちゃんが置いたものだとばかり思ってたからさ」

「自分が置いた目安箱でもないのに、新聞部にはドヤ顔でインタビューに答えてたんですか？　『学園の人たちの役に立てるなら嬉しい』とか言って」

「それ言ったら心逢ちゃんだって同じじゃん。『微力を尽くします』とかなんとか、優等生な受け答えしちゃってさ」

「詩愛さんのドヤ顔の方がひどかったです」

「心逢ちゃんのドヤ顔の方が見てらんなかったね」

双子はにらみ合った。

すぐやめた。

三通の投書。

三通りの筆跡。

三人の人物についての調査依頼。

それに加えて、誰が置いたのかもわからない目安箱の謎。

「さすがにちょっと」詩愛が言った。「放置しておけない状況になってる気がする」

「奇妙な雰囲気はありますよね」心逢も言った。「誰が何の目的でやってるのかは知りませんが、意図的なものは感じます」

さてしかし、どうしたものだろう？

祭り上げられた結果、【美少女双子姉妹探偵】ということになぜかなっているが、言うまでもなく詩愛も心逢も素人である。ちょっとギターが弾けて、ちょっと小説が書けて、ちょっと顔がいいだけの高校生だ。身辺調査だけなら手間を掛ければ済む。だがその後はどうなる？　目安箱に入っている投書に応えて、いわば便利屋みたいに使われつつ、学園でもっとも注目される存在として下にも置かない扱いをされる。ただし、周囲からのいささか一方的な期待に応えるために、柄にもない役割を演じ続けることになるかもしれない。もしかすると高校生活三年間ずっと。

「それはちょっと……ねえ？」

「ええさすがに。あまり想像したくない未来ですよね」

「なんかこう、気持ちいいんだけど気持ち悪いっていうか」

「アイドル扱いされるのはいいんですけどね、承認欲求満たされますし。ですがちょっと窮屈すぎますか、今のポジションは」

「なかなか難しいミッションだよ……チヤホヤされるのは嬉しいからできるだけ今の状態はキープしたい。でも祭り上げられすぎるのは嬉しくない」

「謎も解決したいですよ。心逢たちに何かが起きているのは確かなようですし。見て見ぬふりをして放っておくのは性に合いません」

「誰かに聞いてみる？　クラスの人たちとか、先生とか。保健の先生とか」

「どうでしょうねえ……それはそれで白旗を揚げてるみたいで気が進みませんね。心逢たちの目的にもそぐわないかと思います」

「そうねー、それもあるかァ……それにしても急に色んなことが起きるよね。田舎に住んでた時はもっと静かで何も起きなかった気がするけど」

「東京って変なところですよね」

「いやいや。自分らも昔は東京に住んでましたからー」

心逢のボケに適当な突っ込みを入れてから、詩愛はあらたまって、

「じゃあどうする？　とりあえず動けるだけ動いてみる？」

「微妙なところですね。心逢たちにはお調子者の自覚はありますが、自分の能力の程度も理解しているつもりです。その理解が心逢に告げています……『あなたたちだけで解決しようとするのは効率が悪いですよ』と」

「なんかカッコイイ風の言い回ししてるけど、まあまあダサいこと言ってる気がする」

「詩愛さんは自分で何とかできる見込みがあるんですか？」

「いや。ぜんぜんないね」

となれば誰かに頼ることになるだろう。

そして詩愛と心逢にはこういう時、頼りにできそうな相手はひとりしか思い浮かばなかった。

†

その女性のことを、双子たちは【マネさん】と呼んでいる。

外国の人ではない。画家のエドゥアール・マネに縁があるわけでもない。【マネさん】は【マネージャーさん】の略称である。初めて出会った時、彼女の肩書きがマネージャーであったため、その略称が呼び名として定着してしまった。

見た目は二十代の後半。クール系の美人。

出会ってからまだ一年足らずであり、手毬坂女子学園に入学するまで何かとバタバタしていたために、双子たちはマネさんのことを詳しくは知らない。が、いくつかハッキリ判っていることもある。

ひとつめは、彼女が大変に有能な人物であること。

ふたつめは、彼女が多岐にわたる技能を有していること——編集者、クリエイター、プロデューサー、経営者、管財人など様々な顔を持ち、双子たちが知らない顔もまだ持っているらしいこと。

そしてみっつめ。彼女は成り行き上、白雪詩愛と白雪心逢の後見人的な立場を買って出てくれていること。


「……と、いうわけなんですが」

通話であらかたの事情を話し終えた。

学生寮【叢風館】、詩愛と心逢の部屋。

飲みかけのりんごジュースはもう、人肌に近い温度にまで温くなってしまっている。

『なるほど』

スマホの向こうでマネさんは頷いた。

液晶画面に映るマネさんは寝間着姿だが、クール系美人の雰囲気はいささかも損なわれていない。

『なるほど』

もう一度マネさんは頷き、口元に手をやって黙り込んだ。絵に描いたような沈思黙考の姿だ。

詩愛と心逢は顔を見合わせる。マネさんが考え込むのはめずらしい。基本的に即断即決の人である。もちろん闇雲に動くわけではなく、シンプルに頭脳明晰で行動力があるゆえの即断即決だ。ブルドーザーのように荒れ地を平らにしながら同時にアスファルトで舗装していく――そんなマネさんの姿を、双子たちは何度も目にしてきた。

『ややこしい――』

しばらくしてマネさんが口を開いた。

『とてもややこしい、込み入った話になってしまったようですね』

「……っすよね！」

我が意を得たり、とばかりに詩愛が身を乗り出す。

「いやー、やっぱり難しいっすかマネさんでも。ホントわけわかんない状況っすよね、これって。謎だらけで意味わかんなくて、謎が謎を呼ぶ、みたいな」

「すいませんマネさん、こんなことまで相談に乗っていただいて」

　心逢もすかさず乗っかる。

「単なる愚痴だと思って聞いていただければ十分なんです。ブレインストーミング、というやつですか？　話しているうちに何かヒントが思いつくかもしれないな、みたいなことを目論んでいたといいますか。ねえ詩愛さん？」

「そうそう、そうなんすよ。こんなわけわからない状況を通話で聞いただけで解決しろだなんて、そんな都合の良いことは考えてないっすから。あくまでもご相談っすからね、あくまでも」

「あとは近況報告ですね。心逢たちこんなことになってます、っていう。あ、別に自慢してるわけじゃありませんよ？　アイドル扱いは気持ちいいですけど、何かと苦労も多いですし」

「心逢ちゃん。そんな言い方すると、逆にアピールしてるみたいに聞こえるって。忙しい自慢とか寝てない自慢みたいに思われるって」

「確かにそれもそうですね。……すいませんマネさん、うちの姉に無礼な発言がありまして」

「えっ？　なんでこっちが悪いみたいな話になってんの？」

　双子がケンカを始めそうになった。

マネさんが割って入った。

『すいません誤解を招く言い方でしたね。わたしはこう言いたかったんです。謎はもう解けていますよと』

双子は黙った。

それから「えええええっ⁉」と声を揃えた。

「謎が解けた⁉　今の話を聞いただけで⁉　っすか⁉」

「そんなまさか……マネさんは美人で多才なだけでは飽き足りず、安楽椅子探偵でもあっただなんて……これじゃ面目が丸つぶれじゃないですか……一応はミステリ好きを公言している心逢としては……」

『ああすいません。今度は言い方が短絡的すぎました』

画面の向こうでマネさんは苦笑いを見せる。

『もう少し正確に伝えさせてください。そもそもこの話、わたしの視点から見ると謎でもなんでもないんです。お二人に〝知らないことが多すぎる〟から、まるで謎があるかのように見えてるんですよ。……いえ、すいません。お二人の顔を見るに、これでもやっぱり言い方を間違えていますね』

「……どんな顔してるんすか？　自分らって」

『狐につままれたような顔を』

双子たちは両手で自分の顔を触り、お互いに顔を向け合った。

なるほど、ポカンとした顔をしている。狐狸に化かされた、と表現して差し支えなさそうな間抜け面だ。『お二人はリアクションが優れていますね』とマネさんが言った。おそらく褒めてくれている、もしくはフォローしてくれているのだろうが、詩愛も心逢も素直には喜べなかった。

「ええとそれで」と詩愛。「結局どういう話なんすかね、これって？　自分らの置かれてる状況って何なんすか？」

「目安箱の意味はどういうことなんでしょう？」心逢も加わる。「三通の投書、三通りの筆跡、三人の人物についての調査依頼――誰が置いたのかもわからない目安箱。マネさんの話だと、大体の見当はついている、という理解でいいんですよね？」

『その件なのですが』

マネさんが笑った。

スマホ越しでもはっきりそれとわかるくらい、いい笑顔だった。双子たちがこれまで見たことのない、有能クール美人の絵に描いたような破顔である。付け加えるならちょっといたずらっぽく、意地悪そうでもある。

『この問題はぜひ、お二人で解決して頂きたく。ひょんなことから面白いことになっているみたいですしね、ある意味では。ここは【美少女双子姉妹探偵】のデビュー戦として、絡まった状況の糸を解きほぐしてもらえればと』

「えええ……」

「探偵役の人がまさかのサボタージュですか……」

『わたしはそこそこ多才な方だと自負していますが、探偵役まではその範疇に入っていません。その役目にふさわしいのは、この件を謎だと解釈しているお二人の方だと思いますが？』

さわやかに言い切られてしまった。

そこまで言われてしまうと、双子も返す言葉がない。

『繰り返しますが、ここはお二人が自ら答えを導き出すのが良いかと。謎を解くのか解かないのかはお二人の考え方次第。取り組むにしても放っておくにしても、きっと良い勉強になります』

「マネさん意地悪っす」

「既に解決している謎、もしくは謎というほどでもない謎、ということですよね……取り組む意欲があふれ出てくる状況、とは言いがたい……」

口々に不平を鳴らす双子に、マネさんはこう返した。

『詩愛さん心逢さん。お二人が手毬坂女子学園に入った理由は何でしたか？』

双子はしばし口をつぐんだ。

それから同時にこう言った。

「お母さんたちが昔通ってた学校だから」

さらに詩愛が付け加える。

「お母さんたちが女子高生時代にどんなことしてたのか、自分らぜんぜん知らないんで。お母さんたちの昔のツテとか頼っていろいろ聞いて回ることもできるっすけど……実際に同じ学校で高校三年間を過ごした方が、なにかとあの二人に近づくことができるんじゃないか、って」

「それにお母さんたちを超えたい」

心逢も続いて言いつのる。

「音楽でも小説でも、それ以外のどんなことでも。ほんの少しでもいいからあの人たちに追いついて、ちょっとだけでも追い越したい。あの人たちは本物の天才だったみたいですからね、心逢たちと違って。でもいくら高い壁だからといって、指をくわえて見上げてるばかりなのは性に合いませんから」

『そしてわたしは』

最後にマネさんが総括する。

『お二人のお手伝いをしたい。わたしが尊敬する先生方――白雪静流《しずる》先生と白雪美鶴《みつる》先生の娘さんであるあなた方が、何を考え、どう行動して、何を残すのか。それを自分の目で確かめてみたい』

記録更新、だった。

マネさんの笑みはまさに破顔一笑で、美少女を自認している双子から見ても、文句なしにキレイだった。クール美人な普段の印象とは真逆の、まるであどけない幼子のような。

あるいは、露を含んで開いたばかりの色鮮やかな花のような。

『お互いの方針を確認できて何よりです。それではお二方、ご自分たちの目的に沿って、どうぞ手毬坂での高校生活を楽しんでください。縁の繋がった同窓の生徒たちと交流して、謎に興味があるなら取り組んで、音楽にも小説にも大いに励んでください。……それとちなみにですが』

最後にマネさんはダメ押しの一撃を口にした。

『静流先生も美鶴先生も、きっとこの程度の謎はご自身で解決できたでしょうね。こちらからは以上です』

——通話が切れた後、双子たちは「ううん……」と唸って考え込んだ。

「なんか上手いこと踊らされてる気がする」

詩愛が言った。

「肝心なことは何も教えない、という意志も強く感じましたね」

心逢も言った。

「とはいえさー。ヒントは色々もらえてる気もするよね」

「ええその通り。少なくともマネさんはこう考えているはずですよね。今回の問題には何かしらの答えがあると」

「それにマネさんは、自分と心逢ちゃんの二人で解決できる問題だ、って思ってる。そこまでお膳立てされたら、ねえ？」

「はい。取り組まないわけにはいきませんね。付き合いは決して長くありませんが、心逢たちの扱い方をよく分かってますよねあの人は……さすが、うちの母たちのマネージャーをやってただけはあります」

「それにさァ。この問題を華麗に解決してみせたらさ、また学園新聞とかでチヤホヤしてもらえるんじゃない?」

「しょぼいコンクールの実績じゃなくて、実力を見せつけた上でチヤホヤされるなら……心の中で肩身の狭い思いをする必要もなくなりますね」

「じゃあ、やっちゃう?」

「やっちゃいますかね?」

†

私立手毬坂女子学園に入学して、一ヶ月と少し。

祭り上げられて背負った肩書きである【美少女双子姉妹探偵】は、見栄っ張りでお調子者の本領をこうして発揮し、デビュー戦ともいうべき事件に取り組む運びとなった。

【私立手毬坂女子学園新聞部部長・五道院京香《ごどういんきょうか》の取材ノートより抜粋】

2月15日

とある筋より情報提供あり　期待の新入生　一卵性双生児

疑問あり　それでも確かな筋からの情報　調査は進める

3月2日

プロフィールが届く　まだ精度が低い　情報不足

見た目がいい　美少女双子姉妹　キャッチコピー強

放っておいても人気は確実　調査続行　新学期が始まってから本番

3月18日

調べていくと興味深い事実

白雪……そうか白雪！　深いおどろき　奇跡

インスピレーションが湧く　とある発想
新聞部にとって起死回生になる可能性　奇貨居《お》くべし

「逆取材」

ボイスレコーダーのスイッチを入れてから、五道院京香が第一声を発した。

「わたくし考えてもみませんでした。人間、長生きしてみるものですね」


5月15日。

目安箱の設置から三日が経過。

於、私立手毬坂女子学園部室棟、新聞部部室。授業のカリキュラムを終えた放課後。

白雪詩愛と白雪心逢の双子コンビは、第一のターゲットに定めた新聞部の部長・五道院京香と面会している。


「まあ取材ってほどでもないんすけど」

ビジネスライクな笑顔を作りながら、詩愛が切り出す。

「ちょっとお話を、と思いまして。いつもは自分らの方がいろいろしゃべってる立場なんで。たまには逆に、みたいな」

「お忙しい中、時間を取って頂きありがとうございます」

如才なく言って心逢が頭を下げる。

「ざっくばらんに交流を深められればと。五道院先輩は心逢たちにとって、いちばん縁のある先輩ですし。もう何度も取材してもらってますから」

「光栄でしてよ」

五道院京香は鷹揚《おうよう》にうなずいた。

「新聞部にとってもメリットはあります。手毬坂でスター街道まっしぐらのお二人と強いコネクションを保っておくことは、こちらとしても願ってもない話。遠慮なく何でも聞いてくださいな」

〝新聞部部長の取材を依頼する投書が目安箱に入っていた〟

京香にはそう伝えてある。身辺調査、という言葉は使わなかった。警戒される可能性もあるし、逆に興味を持たれすぎる可能性もある。三通の身辺調査依頼がほぼ同じタイミングで投函された、という事実も伝えていない。

「それに」

京香は双子たちを交互に見て、

「【双子探偵】の活躍を目の前で見ることは、わたくしにとっては取材も同然。お二人の目安箱がこれから活かされていく展開にも、個人的に興味ありでしてよ」

あえて伝えていることもある。目安箱を設置したのが誰なのか判っていない件だ。

伝えるのは苦渋の決断だった。すでに手毬坂新報の号外にて【双子の目安箱】の話題は学内に広まっている。その記事の中で双子は例によって調子に乗り、さも自分たちが自主的かつ慈善的な意図で目安箱を設置したかのように話してしまっているが、その点は恥を忍んで撤回せざるを得なかった。今回の件において優先すべきは、【目安箱を誰が何の目的で置いたのか】という謎の解決だと双子は考えているからだ。五道院京香から証言を引き出して謎に近づくためのやむをえぬ措置だ。

「あらそうでしたの？　でもよろしいんじゃありませんか、このまま【双子の目安箱】ということにしておけば。その方が学園のみなさんにもウケるでしょうし。誰が目安箱を置いたのかよりも、誰がそれを有意義に使うのか、の方が大事でしょう？」

……というのが新聞部部長の見解だった。この先輩はどうやら正しいジャーナリズムを志向するよりも、ゴシップ記事で世間に波風を立てる方に興味が向いているらしい。

そして忘れてはいけない点がもうひとつ。目安箱を設置した人物が誰なのか判っていない以上、五道院京香も容疑者となりうる。

「目安箱に最初に投函された投書がわたくしに関することだった、というのは驚きでしたが。これも何かの縁。お二人の活躍にわたくし期待しておりましてよ。手毬坂の生徒たちも、お二人にはひとかたならず注目していることでしょうし」

「ま、期待には応えてナンボなんで。何とかしてみるっすよ」

「微力を尽くします。心逢たちにとっての【微力を尽くす】は【結果を出します】と言っているに等しいわけですが」

軽く調子に乗ってから、双子は本題に入った。

「えーとまずは基本的なところから」

コホンと詩愛が咳払い。

「先輩ってなんで〝お嬢さましゃべり〟なんすか？」

「……詩愛さん」心逢は呆れ顔。「取材のひとことと目がそれですか。もっと先に聞くべきことはたくさんあるでしょう」

「いやー。キャラ付けが派手だなー、と思って。自分、お嬢さましゃべりする人、初めて見たし」

「心逢だって初めてですよ。マンガかアニメでしか見たことありませんから。とはいえこういう取材ではですね、大事なことを聞く前に軽めのトークで外堀を埋めるのがセオリーで――」

「趣味ですわ」

京香がニコリと笑った。

「わたくし好きでこのキャラをしております。誰から強制されたわけでもありませんし、生まれ育ちの環境によってこうなったわけでもありません」

「つまり変な人、ってことっすか？」

「詩愛さん失礼ですよ。……ちなみに五道院先輩のご両親は、何をされている方なんですか？」

「都内某所で会社員を」

「……ナントカ財閥の総帥とか、どこそこコンツェルンの会長、みたいな感じではなく？」

「そんな肩書きの人、マンガかアニメの中にしか存在しなくてよ」

双子は顔を見合わせた。

『変な人じゃん』『変な人ですね』と互いの顔に書いてある。

「ちなみに双子探偵のお二人は」

柔和な微笑を保ちながら京香が言う。

「少々複雑なご家庭でお育ちになっているんでしたよね？　以前の取材でそんなお話をちらりと」

「えっ？　んー、まあ。そっすね」

「ごく普通の家庭で普通に育った、とは言えないでしょうね」

「今日は深入り致しません」

双子の反応に京香は首を振って、

「ジャーナリストにもマナーは必要です。それに今日はわたくし取材される側ですものね。さあどうぞ続きを」

「あざーっす。……えーっと先輩はなぜ新聞部に？　入ったんすか？」

「趣味です」

簡潔に答えて、京香はティーカップを手に取った。

新聞部部長の仕草はいちいち美しい。カップを口に運ぶ所作は優雅、椅子に座る姿は背筋がまっすぐ伸び、両膝がたおやかに揃えられている。『趣味でお嬢さまキャラをやっている』という聞き慣れない主張が、彼女の振る舞いを見るにつけ、ごく自然で真っ当なものに思えてくる。

「世の中にある物事を広く調べ上げて正しく情報を公開しつつ、自分の主義主張も抜かりなく伝えていく――それがわたくしの考えるジャーナリズムですし、そのスタンスを表現できる新聞部は性に合っておりますの」

「ふむふむ」

「なるほどなるほど」

口々に言って、双子たちはメモ帳にペンを走らせる。

走らせながらも油断なく五道院京香を観察している。一挙手一投足たりとも見逃さない、そんな気構えで詩愛も心逢もこの場に臨んでいるつもりだった。

もう何度も会っている相手だから承知のことだが、新聞部部長は美人である。

美少女というより美人。

シャープな顔立ちはもちろん、長い手足に細い腰。ほつれのひとつもない黒髪は、職人が丹念に織り上げた絹織物を思わせる。同じ制服を着ているのに、京香の制服姿は後光が差しているかのように気品がある。

趣味でやってるお嬢さまキャラだというが、育ちの良さは本物だろう。高校二年生のはずだが、まるで社会人のような落ち着きを備えている。双子たちと一歳しか違わないとは、ちょっと思えない。

（……ま、五年後には自分の方が勝ってると思うっすけどね）

詩愛は心の中でそう思った。

（……心逢とキャラが被ってるタイプの人ですね……五年後の心逢は大体こんな感じになっているんでしょう）

心逢は心の中でそう思った。

その後いくつかの質疑応答を続けてから、詩愛が軽く本題に触れてみた。

「えーっと。ちなみに先輩に聞いてみたいんすけど」

「なんでしょう」

「先輩の周りで最近、何かおかしなコトとかなかったっすか？」

「あら」

京香がキツネのように眼を細める。

「まるでわたくしの周りに何かおかしなコトが起きるきざしがあるかのようなおっしゃりようですわね？　探偵のお二人は何か掴んでいるのかしら？　わたくしのまだ知らない楽しそうな情報を？　それが取材の目的？」

完全にヤブヘビだった。

勘の鋭いらしい新聞部部長は、詩愛のひとことで何かを察したらしい。

「企業秘密です」

心逢がしれっとした顔で笑う。

テーブルの下で姉の足を蹴りながら、

「情報源の秘匿はジャーナリズムの基本でしたよね？　心逢たちが誰からどんな情報を手に入れているのかは軽々しく口にできません。五道院先輩から教えてもらったことですよ、以前の取材で」

「自分ら、取材に関しては素人なもんで」

妹の足を蹴り返しながら、詩愛も愛想笑いを浮かべる。

「ちょっと雑な会話の回し方になっちゃうのは大目に見てもらえると助かるなー、みたいな。ねえ心逢ちゃん？」

「ええ、詩愛さんの言うとおりでして。というか取材のイロハを先輩から教わるのも今日の目的と言えなくもないといいますか。あえてざっくりした質問とか、いかにも怪しそうな質問を投げてみることで、五道院先輩の反応を見てみるのも目的というか」

「うんうん。ジャーナリズムだよね、ジャーナリズム」

「先輩の取材を受けることによって、心逢たちの意識にも自然に芽生えてきたんだと思いますね。ええつまりジャーナリズムが」

「あら。それは嬉しい心がけね」

両手を合わせる仕草をして、新聞部部長はニッコリ。

「ではお二人とも新聞部に体験入部してみては？　わたくしたち新聞部は現在、新入部員を絶賛募集中でしてよ」

「えーとまあ、ハイ。考えさせてもらうっす。……で、まあ、うっかり聞いちゃったついでに、さっきの質問のちゃんとした答えも聞きたいなー、みたいに思うんすけど。先輩の周りでは最近、おかしなコトはなかったんすかね？」

「ええ特に。ありませんわね」

「そっかー。そうなんすねー」

「わたくしの周りよりも、あなたたちにこそおかしなコトが起きているのではなくて？　例の目安箱、誰が置いたものなのか分かっていないのでしょう？」

「ま、そっすねえ」

「わたくしの個人的な見解を述べさせていただきますと」

京香は優雅に脚を組みながら、

「この件からは陰謀の香りがいたします」

「陰謀の」

「香りが」

詩愛と心逢のおうむ返しに、京香は艶然と微笑んで、

「ええ陰謀ですわ。何者かがお二人に対して何らかのアクションを仕掛けているのは明らか。【天才美少女双子探偵】に対して何かしらの思惑があっての行動、と考えるのが自然でしょう。ええまったく、これ以上ないほどジャーナリスト魂を刺激してくれる事件ですわよね？　わたくし、問題の解決に協力は惜しまない心づもりでしてよ」

「はい、ども。それはありがたいっすね」

「先輩のご尽力に感謝します」

「もちろんこの件の取材に関しては、我が新聞部が独占的に行わせていただきます。こちらも協力は惜しみませんが、お二方にも最大限の協力をしていただく……Ｗｉｎ－Ｗｉｎの関係をここは結ぶといたしましょう。……ああそうそう、この際ですからお互いの連絡先も交換しておきませんか。その方が何かと都合がよろしいでしょうから、ええ」

うきうきした様子で、新聞部部長はスマートフォンを取り出す。

連絡先を交換しながら、双子は小声で話し合った。

「ねえ心逢ちゃん」

「なんですか詩愛さん」

「この先輩、協力してくれるのはありがたいんだけどさぁ……」

「ええそうですね、なんといいますか。火のないところに煙を立てようとしている雰囲気がありますよね」

「学園新聞に書かれてる自分らの記事も、だいぶ大げさというか、あることないこと書いてる感じがするもんねえ……」

「心逢たちが学園で妙な立場になってるのも、この先輩の新聞記事が影響してる気がしますよね」

「あんまり関わらない方がいい人なのかな？」

「ですが頼れる人ではありそうですよ。学園新聞の影響はどうやらかなり強いようですし。

利用できるところは利用しておいて、適度に距離を置くのが正しい気がします」

「……いいですわね。詩愛さんも心逢さんも」

くすくす。

口元に手をやり、目を三日月の形にする京香。

「目の前であけすけに密談するやり方、嫌いではありません。お二人は大変に真っすぐな性格をしていらっしゃるわ。ひねたところのない、そのさわやかでありながら図々しいところ……わたくし好きでしてよ。それでこそ【天才美少女双子探偵アーティスト】。いいところのお嬢さんが多いこの学園の中では、どのみち目立つ存在になっていたでしょうね。わたくしが新聞にどうこう書くまでもなく」

「……なんか自分らの肩書、長くなってないすか？」

「肩書の長さは先輩の悪だくみの深さを連想させますね。心逢たちを最大限にピエロとして踊らせようとしてるみたいな」

「それは失礼を」

双子のクレームにも、京香は揺るがない。

「ジャーナリズムに携わっていれば多少は筆が滑ってしまうもの。それにお二人とも気分よさそうにしているではありませんか、舞台の上で踊るのを。その姿はピエロなどではなく、プリマでありプリンシパルであると、わたくし確信しておりましてよ」

「ま、確かにチヤホヤされるのは好き、ではあるんすけどねー」

「詩愛さんと違って心逢は心が痛みますけどね」

「え？　心逢ちゃん、前と言ってること違くない？」

部室にいるのは双子と五道院京香だけだ。

他の部員の姿はない。味気のないグレーのオフィスデスクがいくつか並び、デスクトップパソコンが何台か設置されているが、電源が入っている様子はない。それ以外にもコピー機やホワイトボードなど、備品は一通りそろっているものの、どことなく殺風景な印象を受ける部屋だ。実用重視のジャーナリズム仕様なのだ、と言われればそれも納得できるが、微妙な違和感はぬぐえない。

「ところでわたくし」

冷めてしまった紅茶に口をつけながら、新聞部部長はさらりと言った。

「今回の件、ある程度は容疑者が絞れるのではないか、と考えておりましてよ」

「えっ!?　マジっすか!?」

「そんなまさか……五道院先輩にも安楽椅子探偵の才能があったということ……？」

「いえいえ、それこそまさかですわ。わたくし、あなた方お二人よりも学園の事情に詳しいというだけのこと。お二人はまだ入学して一ヶ月ですものね、知らないことが多いのは当然でしょう。入学してすぐ注目の的になりましたし」

「ええそっすね。おかげさまで。ええ」

「心逢たちが想定してない形で注目されたのは、先輩の新聞記事の影響が大きいと思うんですが？」

「まあそれはそれとして」

京香は軽くいなして、

「まず、第一の容疑者は生徒会長でしょうね」

「生徒会長……？」

「宝島《たからじま》薫《かおる》子《こ》さん、でしたっけ？」

宝島薫子。

私立手毬坂女子学園高等部二年生。

入学したばかりの双子はまだ面識がない。在校生代表として入学式の時にスピーチする姿を見たことがある程度で、これまで接点を持ったことはない。

それでも強烈なインパクトを残す先輩だった、という認識は、詩愛も心逢も共有している。そして行動力のある双子たちはすでに生徒会長にもアポを取っている。五道院京香の取材を終えたら、次は宝島薫子の元を訪れる予定だ。

「お二人はどのような印象を持ちまして？　宝島薫子さんについて」

「うーんひとことで言うと」

詩愛があごを撫でてから、

「【ちっちゃいギャル】って感じだったっす。スカートの丈がすっごい短かったし、制服の着こなしが独特っていうか、ピアスとかチョーカーもがっつりつけてて」

「派手な金髪でしたよね」

心逢もうなずきながら、

「遠くから見てもわかりましたけど、メイクがど派手でまつげパッチリで。どっからどうみてもギャルなんですけど、手足がすっごい細くて背も低いんですよね。でもそれでいて堂々としていました。声にも張りがありましたし、振る舞いも様になっていて」

「あと可愛かった。普通にめっちゃ美少女」

「絵になる人でしたよねえ。手毬坂学園はいいとこのお嬢さん学校だと聞いてたんですけど、入学式でいきなり出てきたのがあの生徒会長でしたから。心逢はびっくりしました」

「彼女は外部からの受験組ですのよ」

音を立てず紅茶をすすりながら、京香。

「中等部からエスカレーター式で上がってきた方ではありません。内部進学率が非常に高い手毬坂としては、彼女は珍しい部類に入りますわね。ちなみに入学当初からあんな感じでしたわ」

「校則違反にならないんすか？　あの格好」

「教師を煙《けむ》に巻くだけの政治力がある、ということでしょうね。まあ手毬坂は比較的治安のよろしい学校ですから。この手の女子校にしては珍しく、わりと生徒たちの自由が保障されている空気はありましてよ。素行が悪いわけでもありませんし、ファッションぐらいは好きなものを選んでいいでしょう」

「生徒会長に選ばれてるぐらいですから、人気もあるんですよねきっと」

「ええ、やり手には違いありません。わたくしは部活動の予算編成などでも彼女と折衝する機会がありますから、それなりによく知っていますが。簡単に丸め込める相手ではありませんことよ」

ふむふむ、とメモを取る詩愛と心逢。

「で？　なんであの生徒会長が容疑者だと思うんすか？」

「見た目が派手であることを除けば、問題がある人でもなさそうですが」

「動機がありますわ。宝島薫子さんには」

声をひそめる京香。

その様子はいかにも『事情通の登場人物（わけアリそう）が探偵に重要な示唆を与えようとしている』ように見える。お嬢さま風のキャラづくりが完璧なだけに、つい話に引き込まれそうになる。

「なぜなら生徒会にとって、ちょっとした誇らしい伝統なのです。目安箱というものの存在は」

「はあ。伝統っすか」

「それはどういう意味において？」

京香は紅茶をひとくち飲んで、

「手毬坂にはたまに現れるんです、後の時代まで語り継がれるような名物生徒会長が。たとえば、今の代から数えて十代前の生徒会長がそうですわね。その方は目安箱を復活させて、それはそれは大きな成果をあげました。生徒の皆さんのお悩み相談やら陳情やらを、快刀乱麻の鮮やかさで解決していったのだとか。その姿はあたかも水戸黄門や暴れん坊将軍のようであった、と伝わっておりましてよ」

「……十代前の生徒会長って、女の人なんすよね？」

「もう少し愛らしいキャラクターでたとえてあげてもいい気はしますよね。ゴリラみたいな武闘派の生徒会長だった、というなら仕方ありませんけど」

「プリキュアやセーラームーンになぞらえた方がよかったかしら？　……ともあれ、伝説的な活躍をされた生徒会長がいたのは事実ですし、図抜けて優秀な人だったのも事実です。そもそも一定以上のカリスマ性の担保がなければ成立しませんからね、目安箱というものは」

「まあそうっすよね。いろいろ能力持ってないと回せないっすよね、そういうシステムって。コミュ力とか」

「解決もされず、受付すらされない投書だってあったでしょう。投書がぜんぶまっとうな内容とは限りませんしね。目安箱というシステムを曲がりなりにも回していた実績は、ちょっとしたステータスというわけですか」

「ええまさしく」

口々に納得する双子に、新聞部部長は大きくうなずく。

「でも変じゃないすかね？　だったら目安箱は生徒会室の近くに置かれるのが普通なんじゃないすか？」

「わざわざ心逢たちの部屋のそばに設置するのは、理屈が通らない気がしますねえ」

「それに自分らが目安箱を上手く運用できたら、自分らの手柄、ってことになっちゃう」

「【生徒会の目安箱】という点がポイントであるはずなのに、意味がなくなっちゃいますよね、それだと」

「あくまでも推測になりますが」

京香は前置きして、

「目安箱が復活しさえすれば、その成り行きはどうでもよかったのかもしれませんわね。今を時めく美少女双子新入生に任せておけばなんとかなる、と考えた可能性もありましてよ。生徒会の手柄にするかどうかは問題ではないのかもしれませんし……あるいは何らかの手段で、結果的に生徒会の手柄ということにしてしまおうと目論んでいるとか」

「……ちょっとやり方が雑すぎないっすか？」

「普通は心逢たちに相談してから、になりません？　推理が牽強付会《けんきょうふかい》にすぎる気がしますけど」

「否定はいたしません。わたくしはあくまでも、生徒会長には動機がありそうだ、という話をしているだけですので。……それにもうひとり容疑者に心当たりが」

「まだいるんすか」

「誰なんです？」

「学生寮【叢風館】寮長の、榊原亜希《さかきばらあき》さんですわ」

　双子は顔を見合わせた。

　学生寮に住んでいる以上、もちろんその先輩は知っている。手毬坂女子学園高等部の二年生で、五道院京香や宝島薫子とは同学年にあたる。

　そしてその二人に負けず劣らず、榊原亜希はキャラの立っている人だった。

「なんというか……インパクト強い人っすよねえ」

　遠い目をして天井を見上げる詩愛。

「初めて会った時は心逢も驚きましたよ」

　同じく天井を見上げる心逢。

「寮長さんというより寮母さんじゃないか、と勘違いしたぐらいですし」

「とにかく大っきい人なんすよね」

「ええ、ものすごく大きいですよね。何が大きくてどこが大きいかは口にしないでおきますが」

「それでいてウエストは細っそいっていう」

「それに美女です。美少女でも美人でもなく美女、ですよね」

「ジャンル的には熟女だよね」

「こら詩愛さん。一歳しか年が違わない人に対して失礼ですよ」

「えー？　だってホントにアダルトなんだもんあの人。グラビアとかやったらすっごいことになるだろうなァ。……あと、とにかく母性がすごいよね。なんかもうなんでも許してくれるみたいな。いつだって頭を撫でてくれそうな」

「寮母さんをやるために生まれてきたような人ですよね。ああいえ、寮母じゃなくて寮長なんですけど——」

「学園では【手毬坂の母】と呼ばれていますよ」

京香が口をはさむ。

「どこかの占い師みたいな二つ名ですが、実際に占いも得意ですわね。彼女に人生相談をする生徒は後を絶ちません」

へーえ、と双子たちは感心する。

そして同時に首をかしげる。

「で？　その寮長さんを？」

「何をもって容疑者だと疑っているので？」

「ひとつは単純な理由ですわ。榊原亜希さんは学生寮の寮長で、学生寮を隅々まで管理する権限と責任を持っています。〝ある日いきなり目安箱がお二人の部屋の前に置かれていた〟という状況を最も簡単に生み出せる立場でしょう？」

なるほど単純な理由だった。

そして単純なだけに、意外と有力な説とも思えてくる。

「でもいくらなんでも短絡的すぎないっすかね？　考え方が」

「詩愛さんに同意します。犯行がしやすい立場だからという理由だけで疑われてしまっては、世の中いささか世知辛すぎるのでは？」

「学生寮の中の人なら誰だって犯人になれる、ってことになるしねー」

「それに学生寮への出入りは基本的に自由じゃありませんか。学園の生徒なら、申請書さえ出せば誰だって学生寮に入れます」

「双子探偵にお尋ねしますが」

京香は『反論は想定の範囲内』とでも言いたげに、

「推定される犯行時刻はいつ頃であると、お二人はお考えで？」

「目安箱が置かれた時間っすよね？　朝起きて部屋のドアを開けたらもうそこにあった、って感じだったかな。ねえ心逢ちゃん？」

「ええそうですね。午後十一時が消灯時間で、その後は朝まで部屋から出ていませんので。おおよそ深夜のうちに目安箱は置かれたのではないかと」

「では学生寮の関係者が犯行に及んだ、と考える方が自然かと思われますわね。もちろん何かしらの手段で、思わぬ形で、部外者によって目安箱が置かれたという可能性も十分にあるでしょうけど。やはり学生寮の寮長という立場は、何かと悪だくみをする自由が利くのではないかと、わたくしには思われましてよ。ちなみに――」

小首をかしげながら京香が目を細める。

「内部犯行の可能性という意味では、詩愛さんと心逢さんのお二人がいちばんの容疑者、ということにもなりそうですわよね？」

「ないっすね」

「ありませんね」

双子たちは即答した。

「メリットないですもん、目安箱なんか置いたって。というか意外といそがしいんすよ、自分らって。ボランティアでお助けマンみたいなことやってるヒマなんて、ホントはどこにもないんすよ。……まあついつい調子に乗っちゃって、インタビューではいい格好しいなこと言っちゃってますけど」

「メリットがあるとすれば売名行為ぐらいのものですが……おかげさまでもう十分に名前は売れていますから、この学校では。もし仮にこれ以上名前を売りたくなったとしても、もっと正々堂々とやりますよ。こそこそ小細工を弄したりはしません。……まあついつい調子に乗って、いつの間にかヘンなポジションになりつつありますが。でもそれって主に五道院先輩の新聞記事のせいですからね？」

「お二人の主張には一理ありますが」

京香は頷きつつも、さらに追及する。

「それはあくまでも、お二人のアリバイが確かであることを前提とした話。お二人のうちのどちらかが、相手の目を盗んでこっそりと犯行に及んだ……という可能性は十分にあるのではないかと。あるいはお二人の共犯で、口裏を合わせているとか――」

「ないっすね」

「ありませんね」

双子は即答した。

京香は困惑した顔をする。

「即答すること自体は問題ではありませんけど……第三者の視点から言わせていただきますと、いまわたくしが述べた可能性は十分すぎるほどありましてよ？　否定するのであれば根拠を示していただきませんと。メリットがない、というだけでは潔白を証明するには足りないのでは？」

「え。いやだって。自分ら双子なんで」

「ですね。そのくらいのことはお互いにわかります。双子ですから」

京香は目をぱちくりとさせた。

それから俯いてぷるぷると肩を震わせ始める。

「……え。なんすか先輩。笑ってます？」

「笑ってますねえ。声も出せないくらい大ウケしているように、心逢には見えますが」

「ご、ごめんなさいね……ぷっ……くっ……」

右手を振り、左手で口元を押さえながら、京香は笑いを噛み殺している。

確かにそれは〝大ウケしているけど必死の自制心で爆笑をこらえている〟姿に違いなか

った。お嬢さまキャラの矜持なのかもしれない。

「――申し訳ありません。お見苦しいところをお見せしましたわ。何と言いますか……お二方のパワープレイ？　がツボにハマってしまいまして。確かに、ええ、双子なら仕方ありませんわね」

「……なーんかビミョーに馬鹿にされてる気がするんすけど」

「尊敬されてる態度ではないでしょうね、少なくとも」

「気を悪くされたのであれば謝りますわ。でもわたくし、お二方のことを大変に気に入っておりますの。今後も相談したいことがあったらいつでも仰ってくださいな。今日みたいな取材でも、あるいはわたくしを犯人だと思うなら尋問でも、喜んでお付き合いいたしますわよ」

お嬢さまは大変なえびす顔であった。ご満悦そうである。

五道院京香が双子に対して好意的であることは、その顔を見ても、疑いようもない真実と思われた。

「話を戻しますが。榊原亜希さんには他にも動機がありましてよ」

京香は居住まいを正して、

「【叢風館】にはもともとご意見箱がありました。利用者もそれなりにはあったようですが、少しばかりマンネリ感や停滞感が否めない状況でもあった――という情報を新聞部はキャッチしております。美少女双子姉妹の人気に乗っかって、この際だからパッとしないご意見箱を【目安箱】にアップデートしよう――という発想に至ったとしても、流れとしては自然ではありませんこと？」

詩愛と心逢は「うーん……」と考える。

「わからなくはないんすけど……動機としてはやっぱり弱いような？」

「もっと普通に段取りを踏めばいい話のように思えますね。……といってもまあ、普通に心逢たちに相談したとしてもお断りする可能性は高いですから……強引に既成事実を作ってしまえばあとは流れでなんとかなる、と思われた？　のかも？」

「調子乗りだもんねえ、心逢ちゃんって」

「その言葉、そのまま詩愛さんにお返ししますけど？」

「まあまあお二人とも。そのあたりで」

メンチを切り合う双子の間を取り持ちながら、新聞部部長のお嬢さまは相変わらずえびす顔でご満悦そうな様子なのだった。

†

しばらく雑談を交わして、詩愛と心逢は新聞部の部室を辞した。

「続報がありましたらぜひお知らせくださいな」

帰り際に京香は言った。

「それに困ったことがありましたら遠慮なく相談してくださいましね。連絡先も交換したことですし。お二人はまだ、手毬坂のことで知らないこともたくさんあるでしょう」

二人は礼を述べつつ、さっそく遠慮なくお願いをした。「【手毬坂新報】のバックナンバーを読ませてもらいたいです」と。

もちろんお安い御用です、と京香は大喜びで請け合った。可能な限りアーカイブを公開いたしますし、自由に新聞部の部室に出入りしていただいて構いません。新聞部の数十年にわたる活動の歴史はきちんと保管されていますからね、残念ながらデジタル化まではされておりませんが……ちなみに先ほどもご提案いたしましたが、体験入部にご興味は？ご興味がないのであれば、臨時特派員のポジションで活動するのはいかがでしょうか？手毬坂の学内であれば五道院の名前を出すだけで云々かんぬん。

熱烈なお誘いを固辞して、双子は足早に部室を出た。

「どう思う？　心逢ちゃん」

「有益な話を聞けたと思いますよ。五道院先輩が友好的な方で助かりました。……まあもともと、心逢たちに悪意はなさそうな人でしたけどね。むしろ変に心逢たちを新聞記事で持ち上げようとしすぎて困る、みたいなところはありますけど」

「お母さんたちが現役だったころの学園新聞も読めることになったしね。忙しすぎてだいぶ先になりそうだけどさ」

「目安箱の謎については……もっと話がややこしくなりましたね」

「新聞部部長の視点からすると、生徒会長と寮長が怪しいって話だったけど」

「どうでしょうね。あくまでも一方的な証言でしかないわけですし。むしろその三人の中でいえば、五道院先輩がいちばん悪だくみしそうな人に見えるんですよね」

「ていうかあの人、意外と世話焼きだよね」

「『お二人の学園生活はいかがでしょう?』『手毬坂にはもう慣れまして?』『お友達はできたのかしら?』みたいなことずっとしゃべってましたよね、最後の方は」

「なんかあれだ。【夏休みの間だけ田舎に遊びに来てた孫を都会に送り出すおばあさま】みたいな雰囲気だったよね」

「それ、心逢もすっごい思いました。口には出しませんでしたけど」

「だよねー。まあウチのおばあさまは全然そんなタイプの人じゃないんだけどさ」


行動力のある双子たちはこの日、まだ二件のアポを残している。

次なる行き先は生徒会室。

調査対象はちっちゃいギャル生徒会長・宝島薫子だ。

【私立手毬坂女子学園生徒会議事録より抜粋】

2月15日

元・生徒会長から連絡があった。
久しぶりでとても嬉しかった。
いろいろな話を聞く。双子の新入生。受験組。親近感。

3月2日

双子の入学が正式に決まったようだ。
音楽に小説に、とてもタレントがある子たちだという。
とちのき祭の目玉になれるかもしれない。期待したい。

3月18日

とちのき祭がちょっと危ない。

準備の遅れ。実行委員会はがんばってくれてる。生徒会のフォローが必要。毎年のこと。

生徒会長の力が試される時。

双子の新入生への期待。情報によると、伝説になれる子たち。

注意深く接する必要がある。急《せ》いては事を仕損じる。チャンスを待つ。

「やっほー！　よく来たねー！」

のっけから歓迎された。

そしてテンションが高かった。

「さあさあ座って座って！　お茶あるよー？　お菓子たべる？　コーヒーと紅茶どっちがいい？　ポッキーとじゃがりこは？　どっちも出しちゃおっか！」


5月15日、五道院京香に事情聴取をした同日。

於、手毬坂女子学園特別教室棟、生徒会室。

白雪詩愛と白雪心逢の双子探偵コンビは、第二のターゲットである生徒会長・宝島薫子と面会している。


「こうやって話すの初めてだー！」

テーブルに向かい合って座り、宝島薫子は白い歯を見せる。

「この学校《ガッコ》はどう？　もう慣れた？　友達できた？　楽しめてる？」

「うーん、どうっすかねー」

生徒会長の勢いに押されつつ、詩愛が答える。

「慣れたかどうかでいえば、ぜんぜん慣れてない的な。友達できたかどうかでいうと……これもまあ、いい感じではないっすねえ」

「でも楽しめていますよ」

姉と並んで座っている心逢が続けて答える。

「この学校に入ってまだ一ヶ月しか経ってないですけど、いろんなことが起きてますから。楽しめているというよりは、飽きる暇がない、というのが正しいかもしれませんが」

「そっかそっか！　ならばよし！　まあ知らないことだらけで大変だろーけど、そのうち慣れるっしょ！　あ、ハリボーも食べる？」

とにかくエネルギッシュな人。

という印象を双子たちは抱いた。身長は150センチも無さそうだし、体重は40キロも無さそうなのに、声も動きも躍動感に満ちている。丈の短いスカートから伸びる脚はそれこそポッキーみたいに細いのに、不健全のニオイがしない。

「いやー。うちも話してみたいとは思ってたんよね、前からさー。双子ちゃんたちと」

と宝島薫子は言う。

「でもまあうち、いちおう生徒会長だしさー。用事もないのに話しかけたりしたら、あんま雰囲気よくないっしょ？　えこひいきしてるみたいに見られたら立場的にアレじゃん？　双子探偵の活動に迷惑かけちゃうかもだし」

「あ、ども、あざます。お気遣いいただいて」

「心逢たちは別に迷惑だとは思いませんので。お気軽に話しかけていただければ」

「えーガチでー？　じゃあそうするー！　あ、ルマンドとかも食べる？」

テンションが上がっているためか、薫子は両手をわきわきさせている。そのたびに派手めなピアスやチョーカーがゆらゆら揺れる。

「ええと、それですいません先輩。今日ここに来た事情は、だいたいお話しした通りなんすけど……」

「それなー！」

つけまつげガッツリの瞼をくりくりっと見開いて、宝島薫子は身を乗り出してくる。

「いったい誰が置いたんだろねえ？　双子探偵ちゃんたちが楽しそうなこと始めた、みたいな話を聞いてたから面白がってたんだけどさ。生徒会伝統の目安箱を誰かが勝手に置いた、ってことなら話が変わってくるっしょ？　いやー許せないね！　犯人さがししよ、犯人さがし！　つるし上げマストよなー！」

びしっ！

と両手の人差し指を、双子に向ける生徒会長。

物騒なセリフに反して笑顔がとてもチャーミングだ、と双子たちは思った。

私立手毬坂女子学園は、伝統的に良家の子女が通う学び舎だとされている。詩愛と心逢が外部入学できている点からして、そこまで縛りのきつい伝統でないのは明らかだが、それを差し引いても〝ギャル生徒会長〟が異例なのは想像がついた。

詩愛は思った。

（まあでもカワイイもんなー。この人だったら大体のことは許せそう。先生のウケも何だ

かんだでよさそうだし、実際に生徒会長に選ばれてるわけだし。いわゆる愛されキャラってやつ？　自分とわりと似てるかも）

　一方の心逢はこう思った。

（これだけよくしゃべって押しも強そうなのに、押しつけがましい感じがしないんですよね。人徳というか人間力というか……五道院先輩もそうでしたが、きっとこの学校では人気のある人なんでしょうね。今のところギリギリ心逢の方が負けてるかも）

　そんな双子の内心を知ってか知らずか、宝島薫子はポッキーの袋を開けながら、

「ところでさ、ここ来る前に五道院のところ行ってたんだっけ？」

「あ、ハイ」

「行ってましたけど」

「えー？　なんでなんでー？」

「え。なんでと言われても」

「五道院先輩とは取材の関係で接点がありましたので。それで先にお話を聞きに行っただけですね」

「うちんとこ先に来てくれればいいのにー。そしたらもっと長い時間おしゃべりできたのにさ。あ、ちなみに今日は他の生徒会のメンバーは先に帰したんで。割と好きなだけここ居ていいんで。そこんとこよろー。あ、ポッキーはチョコといちごどっちがいい？」

「チョコで」

「いちごで」

「そこは双子でちがうんだねー。ところでアイツ、五道院。アイツどんな印象だった？」

「お嬢さまキャラだったっす」

遠慮なくポッキーに手を伸ばしながら詩愛が言う。

「作り込みがすごかったですね、お嬢さまキャラの」

心逢はポッキーを三本同時にかじりながら言う。

薫子は首をかしげる。

「キャラっていうか作りこみっていうか、そもそもアイツお嬢さまっしょ。ガチめの」

「そうなんすか？」

「そうだよー。しゃべり方はさすがに作ってるだろーけど」

「ご両親は、都内某所で会社勤めだと仰っていましたが」

「そりゃ会社勤めなのはそーだろーけどー。アイツん家《ち》、新聞社とかテレビ局のオーナー一族だから」

「え。じゃあガチお嬢さまじゃないすか」

「だからガチなんだってー。新聞部の部長ってのもある意味ガチ。家業ってやつだかんね。まあここの学校、そんな生徒ばっかりだけど」

「では生徒会長も？　実はお嬢さまだったり？」

「うちはフツーよー？　外部からの受験組だし。意外と頭よかったからここ入れた的な」

いえーい、とVサインをする薫子。

「でも基本的に少ないね、受験組は。すっごい少ない。だから居心地が悪い、みたいな話にはならんけど」

「自分も心逢ちゃんもその受験組なんすけど」

「だよね知ってるー！　仲間だー！　仲良くしよーねー！」

そう言って薫子は、双子たちの手を握ってぶんぶん振る。

五道院京香いわく、このちっちゃい先輩はやり手であり、政治力もあるのだとか。

この見た目で、なおかつお嬢さま学校で数少ないという受験組でありながら生徒会長に選ばれているとは、なるほど見た目の印象以上にくせ者であるのかもしれない。

ただそれでも、彼女が双子に好意的であることは間違いなさそうだった。受験組のよしみで、というだけの理由ではおそらくないレベルで。

「で、目安箱の話だっけ？」

テーブルに両肘をついて、薫子がニカッと笑う。

テレビのCMに出られそうなくらい白い歯をさわやかに見せながら、

「うちはねー、五道院と榊原があやしいと思う！」

あまりさわやかじゃないことを口にした。

「……めっちゃさわやかに言い切ってるっすけど」

「生徒会長はそう言い切るだけの動機に心当たりがある、ということでしょうか？」

「うん！」

やはりさわやかに頷く薫子。

「だってさー、五道院って新聞部じゃん？　でもってゴシップ好きっしょ？　双子探偵ちゃんたちもあることないこと学園新聞に書かれたりしてるっしょ？」

「ま、そっすね」

「事実無根とまでは言いませんが、針小棒大には書かれていますね」

「まあアイツの新聞が人気あるのは確かなんだけどさ。お嬢さまだろーとフツーの子だろーと、女子はゴシップとか噂話が大好物だし。五道院にとって双子探偵ちゃんたちは飯のタネなわけ。伝説の目安箱を復活させて、噂の双子新入生がやったことにして、それをまたゴシップ記事にする――なんて感じの小細工、いかにもアイツがやりそー」

眉間にしわを寄せて、不快感を示す薫子。

ただし天性の明るさゆえか、悪態をついてもまったく悪意が感じられない。

「それにぶっちゃけ、新聞部ってあんまり人数いないわけ。アイツっていつも部員の募集してるっしょ？　五道院から新聞部に誘われたりしなかった？」

思い当たるところのある指摘だった。

双子たちは互いに顔を見合わせ、その反応を見た生徒会長は大いに頷く。

「つまりわりとピンチなの、アイツって。でもピンチなだけじゃなくてメリットもあんの。目安箱を置く理由としては十分っしょ？」

「そっかー。まあそう言われてみれば、そうなのかもっすね」

「寮長の榊原亜希さんの方は？　どんな理由であやしいと思うんでしょう？」

「詩愛ちゃんと心逢ちゃんって、学生寮組っしょ？」

　薫子は腕を組み、反り返るようにして椅子の背にもたれかかる。

「だったらわかると思うんだけどー、あそこって独立組織みたいなとこあるじゃん？　ちょっとした自治区、的な」

「……そうなんすか？」

「……あまりわかってないですね、そのあたりの感覚」

「そーなん？　まだ知らないこと多いんだね。まあでもそーゆーことなんよ。治外法権とまではいかないけど、生徒会の影響が及ばない的なところ。それで目安箱を置いたみたいなこと、すっごいありそー。生徒会への対抗意識かもなー。わかりやすく言うと国家権力への反逆、みたいな感じかも」

「いきなり物騒な話に聞こえるっすね」

「お嬢さま学校には似つかわしくないような」

「ちなみにキミタチはぜんぜん生徒会派でいいんで！　いつでも遊びにきてね！　えこひいきするよ！　めっちゃたくさん！」

　言うことがコロコロ変わる薫子だが、この人が言うならまあそういうものか、と思えるのが不思議なところだった。これも一種の人徳なのかもしれない。

「それにしても思うんすけど」

ポッキーを四本まとめてかじりながら、詩愛が言う。

「話を聞いてると、目安箱ってけっこうなキーアイテムっていうか、ちょっとした伝説みたいな存在になってる風に聞こえるんすけど。そんなに特別なものなんすか？　この学校にとって」

「そーねー。それはわりとあるかも」

じゃがりこのふたを開けながら薫子。

「実際、目安箱をちゃんとした形で運用してくのは大変だと思うわけ。うちも二年生になったばっかりでさ、生徒会を回していくのだけで手一杯なとこあるし。他にもやらなきゃいけないこと色々あるしなー……いやホント、目安箱やってた先輩たちはソンケーするわ。前回の目安箱から十年ぐらい間が空いてるのはめっちゃ納得。テキトーにお茶を濁してるだけならやれないこともないけどね、なんかけっこうガチめに【何でもお悩み解決マン】みたいなこと、昔はやってたって聞いてるから。ハードル高いんよ正直。期待外れみたいな空気になるのもビミョーだし。うちにはちょっと無理だったかな、目安箱を復活させるのは。……で？　双子探偵ちゃんたちがアレを運用していくわけよね？」

「まあ……成り行き上？」

「ちゃんとできるかどうかはかなり怪しいと思うんですが。いま話を聞いてたらなおさらですね」

「だいじょーぶ、だいじょーぶ！　困ったことあったらうちも相談に乗るしさ。ところでキミタチってどこ住み？　ＬＩＮＥとかやってる？」

流れるように自然な運びで、連絡先の交換タイムとなった。

ほくほく顔な薫子の話は続く。

「話は変わるけどさー。手毬坂には学園祭があるんだけど」

「そりゃまあ……普通はあるっすよね。どの学校にも」

「いつ学園祭をやるのかも、心逢たちはあんまりわかってないですが」

「それもまだ知らんのかーい！　双子ちゃんたちガチで知らないこと多すぎ！」

「うい。すんませんす」

「心逢たち、何かとバタバタしてることが多くて……」

「秋だよ秋！　手毬坂の学園祭は盛り上がるよー？　一般のお客さんもガンガン入れるし。模擬店もゴリゴリに出すし。なんなら学園祭に憧れて手毬坂に入ってくる子がフツーにいる的な」

「いいっすねー。地元の中学ではそういうことなかったっすからね」

「田舎の中学校でしたしね。そもそも中学生にやらせてもらえることは限られてますし」

「そこはうちら東京の女子高生なんで！　ガッツリやらないとつまんないっしょ！」

両手でダブルピースしながら笑う薫子。

「もちろん学園祭には実行委員会もあるんだけどさ。やっぱ生徒会なわけ、中心になって回さないといけないのは。かなーりでっかい規模でやる学園祭だからさー、準備の期間も長いし、なんだかんだでトラブルばっかり起きるし」

「お嬢さま学校っすもんね。不祥事とか起きると一発アウトだろーなー」

「ヘンな人がたくさん入ってくる可能性もありそうですよね、こういう学校の学園祭って。トラブルなしで運営するのはさぞかし大変なんでしょうね」

「ホントそれ！　双子ちゃんたち、わかってくれてるー！」

椅子から身を乗り出して、詩愛と心逢の手をぎゅっと握る薫子。

その姿は生徒会長というより、選挙運動中の政治家のようにも見える。

「でもそれでもさー、去年の学園祭が激ヤバに楽しくて。箱入りのお嬢さん育ちの子たちがさ、慣れない中でもがんばって企画して、盛り上げて、お客さんたちもたくさん入ってくれて――ぶっちゃけ泣いたよね、ガチで。楽しすぎて感動しすぎて。あの経験があったから、うちも生徒会長やってる的な感じなんよね、真面目な話。……で！　それでさ！

詩愛ちゃんは音楽が得意なわけじゃん？」

「あーはい、まあ。ある程度は」

「でもって心逢ちゃんは小説書くのが得意！　っしょ？」

「はい、まあ。文芸の方面はなんとなく。ひととおりは」

「だからさー、もうこの際だからさー、言っちゃうけどさー！　うち、めっちゃ期待してんの！」

……目、って本当に輝くんだ。

と双子たちは思った。

さらに身を乗り出してくる薫子の瞳は、ラメでも入れているかのように光って見える。

ちなみに詩愛と心逢の手は握られたままだ。

「美少女双子探偵姉妹の学園祭！　ライブでもいいし展示でもいいし、なんだったらいちばん大きい会場押さえて演劇やってみるとか！　ホントにもーなんでもいいんだけど！　主役になってほしい！　双子ちゃんたちに！　スターの原石が学園祭で本物になるところを見てみたいと！　わたくし宝島薫子は切に願っております！　ぶっちゃけこういうのは黙っといた方がいいかな、って思ってたけどやっぱ言った！　えこひいきみたいに言われるかもだけど、まあいっかなえこひいきで！　えこひいき万歳！　……あ、ポッキーお代わりする？」

双子は遠慮なくお代わりをいただいた。宝島薫子のノリにもだんだん慣れてきた。

「だから目安箱、いいと思うんだよね。双子ちゃんたちが手毬坂でスターになっていくための布石って感じがする。じゃんじゃんやっちゃって、じゃんじゃん。正直なところうちとしては、目安箱を置いたのが五道院でも榊原でもどっちでもいいや、って感じ。ていうか逆に？　たまにはアイツらもいいことやってくれる、的な？　最初は目安箱を勝手に置いた犯人は死刑かな、って思ってたけどさ、プラスマイナスして最終的にプラスが残るならまあ許す！」

「なるほどー」

「そうなんですねー」

「……キミタチぃ？　なんか急に態度変わってね？　興味なさそうっていうか、呆れてるっていうか。なんか生温かい目で見てるっていうか」

「いえいえまさか」

「決してありませんよそんなことは、ええ。先輩は尊敬すべきですし」

「でもアレだよね心逢ちゃん。ギャルの人って、やっぱノリで生きてるところある気がするよね？」

「それはありますよね。言ってることがコロコロ変わるというか、脊髄《せきずい》反射で生きているというか」

「わりと動物に近いところあると思うな、自分は」

「心逢も同意します。逆にそこが魅力なところもあるとは思いますが」

「しかも宝島先輩の場合はさー、ちっちゃくてカワイイから」

「頭を撫でたくなりますよね」

「髪の毛をわっしゃわっしゃしたくなるよね」

「なんならお菓子を分けてあげたくもなります。先輩、ポッキー食べますか？　心逢たちの食べかけですけど」

「あーん、とかしてもいいっすか？　先輩カワイイんで」

「キミタチぃ〜？」

薫子はじっとりした視線で双子たちを睨《ね》め回す。

「うち、背はちっちゃいし顔も童顔だし、発育もそんなに良くないけどさー。これでもわりとデキる方の生徒会長だかんね？　もっと尊敬してよ尊敬。そのかわりにえこひいきするからさ」

「ところで生徒会長といえばっすね」

「そうそう。生徒会長のお話をもっと聞かないとですよ。取材ですから取材」

やや強引に、双子たちは話を別の方向に持っていく。

目安箱の謎とは別の、もうひとつの本題。

「えーと、じゃあまず最初に」

詩愛が身を乗り出す。

「会長って、なんでギャルやってんすか？　この学校じゃギャルってかなり珍しいと思うんすけど」

「むつかしー質問だねー。なんで息吸ってんの、って質問に近い的な」

「そんなに自然なことなんすか？　会長がギャルやるのって」

「まーそーだねー。ギャルってカワイイし」

「でもこの学校にはギャルいないと思うんすけど。ギャルって、同じ趣味の人が群れてるのが基本じゃないすか？」

「ま、そのへんはね？　別に手毬坂にしか友達いないわけじゃないし。あと、手毬坂って制服がカワイイから！　この制服でギャルやらないのって、もったいなさすぎるっしょ？　文化的な損失ってやつ？」

「でもこの学校って、お嬢さま学校なんすよね」

「そうそれ。ギャルやりたくてもおうちの事情でできない、みたいな話だってあるわけじゃん？　校則だってそんなにキツくはないけど、なんでもかんでも自由ってわけでもないし。だったらうちが独りでもやらなきゃ、って話になるじゃん的な？」

「なるほど。ギャルってロックっすね」

「まー近いかも！　それにうちなら根回しとか得意だし！　なるべく目はつけられないようにしてるし、テストの成績もちゃんといいから！　てゆーか双子ちゃんもギャルやってみ？　ガチ似合うし優勝だから絶対」

「それはそれとして」

　次に心逢が質問する。

「会長も外部からの受験組、という話でしたが。ご実家はどのようなお仕事を？　もしかして会長のギャルは親御さんにルーツがあったりとか？」

「それなー。シンプルにそれはアリ。ママがわりとイケイケな人なんで。影響はやっぱあるよね。でもって仕事はフツーにアパレル関係やってるよ。でっかい会社とかじゃないけど、お店はいくつか持ってる感じ。いいとこの家じゃないけどね」

「それはもう、十分にいいとこの家だと思うんですが……もっと由緒がある出自じゃないと、基本ここの学校には入れないんでしょうか？　確かに周りを見ていると、育ちが良さそうな人たちが多いように思えますが。五道院先輩もそうですし」

「いやそれはどうかなー。なんかいろいろ条件はあるみたいよ？　理事会が決めることらしいからよくは知らんけど。さっきも言ったけどうちは勉強できたんで、特待生で入ってきてんの。手毬坂に」

「ああ。そこは心逢たちと同じですね」

「逆にうちの方からも取材したいんだけどー」

両手で頬杖をついて、双子を見上げてくる薫子。

「新入生代表のあいさつの時にさー、双子ちゃんたち一曲カマしたじゃん？　詩愛ちゃんがギター弾いて、心逢ちゃんが歌って」

「あーはい」

「やりました、ええ」

「結果的にあれがウケてさー、双子ちゃんのスター街道まっしぐらが始まった、的なところあるっしょ？　あれってどういう流れであーゆー風になったん？」

「いやー……」

頭をかく詩愛。

「あいさつの内容は別になんでもいい、みたいなこと学校から言われてたんす。なんでもいいならじゃあ、ああいう風にしてみようかな、と」

「堅苦しいあいさつにするのもちょっと……心逢たちの性に合わない気がしましたので」

半笑いの心逢。

「それでまあ、僭越ながら一曲やらせていただきました」

「目立ってやろう、みたいな感じじゃなかったんすよ。そういう気持ちがゼロだったとは言わないっすけど」

「リスクはありましたからね。ネタに走りすぎとは思いましたし、空気読めないみたいな感じになる可能性もありましたし」

「いいステージだったよー」

薫子はご満悦そうだ。

「うちは生徒会長なんで、いちおう知ってたんだけどさ、双子ちゃんたちが壇上で一曲やるらしいってことは。それでもビックリしたもんなー。何も知らされてなかった子たちはもっとビックリしたっしょ」

「いやどうも、その節は」

「ええ本当に。うちの姉がすいません」

「え？　なんでこっちが悪いみたいな話になってんの？　なんか一曲やろう、って先に言い出したの心逢ちゃんだったじゃん」

「認識の相違ですね。心逢の記憶が確かなら、ギターを持ち出してきた誰かさんが『心逢ちゃーん、どうせならなんかカマしてやろーよー』みたいな顔してこっちをチラチラ見てきたり、『どっかにボーカル担当してくれる人いないかなー。身内に歌うの得意な人いた気がするんだけどなー』とかわざとらしい独りごとを呟いていた気がするんですが？」

「まーまー二人とも」

にらみ合う双子たちを薫子が取りなしつつ、

「とにかく良かったよ、って話。ノるかソるかはそん時の空気次第だったかもだけど、結果的には大成功だったんじゃね？　なんか持ってるんだよ、双子ちゃんたちは。見た目のインパクトからして得してるしなー。顔がコピーみたいにそっくりで、しかもイケてる感じの新入生がさ、ギターかついでマイク持って並んでるだけでさ、もー反則なわけ。絶対にツカミで外さない感じ、するっしょ？」

勝ち確なんよ、真面目な話、と。

じゃがりこをポリポリ食べながら、薫子がさらに続ける。

「手毬坂ってさー、ぶっちゃけお嬢さま学校だからさー。トーゼンお堅いところはあるんだけどさ。逆にヘンなとこで好き放題やれる雰囲気もあって。普段はお堅いからその反動ってやつ？　双子ちゃんたちの新入生あいさつの曲は、そのへんが上手くハマった感じはあるかも。……まあそのへんの校風？　みたいなのが悪い方向に転ぶと、ノリが良すぎてハメ外しすぎるところもあるんだけど。学園祭なんかはコントロールするのめっちゃ大変になるわけ」

「そっすね。五道院先輩みたいなちょっとヘンな人もいますもんね」

「意外と変わり者が多いみたいですよね、この学校って」

「それなー」

自分のことを棚に上げて頷く薫子。

「でもってその流れで思い出したんだけどー」

ことん、と音を立ててテーブルに置かれるスマートフォン。

「入学式の時の録音がさ、今ここにありまーす」

「げ」

「うそ」

「ちょっとここで流してみよーぜ。せっかくなんで。すいっちおん」

ドン引きする双子たちが止める間もなく、お世辞にも音質がいいとは言えないギターのイントロが生徒会室に響き渡る。

そして数分後。

「うわあ……自分、音楽ヘタすぎ……」

詩愛は頭を抱えて絶望の声をあげた。

「なんですかこの、ヒキガエルが念仏を唱えてるみたいな歌……聞くに堪えません……」

心逢はテーブルに突っ伏して無事に死亡した。

「ピッキングをミスりまくってるのに、勢い任せで横ノリしてるこのダサさ……こんな自分を突きつけられたくなかったっすよ……」

「滑舌が悪いくせに声ばかり張って……そのくせ気分よく歌ってるのが丸わかりな……もはや犯罪級の赤っ恥……」

「えー？　でもうち好きだけどなー。ていうか普通に上手くね？」

「冗談じゃないっす。二度とやれないっすねこんなのは」

「まったくです。二度目はありませんね」

「いやいや、困るんですケドそれー？　秋の学園祭じゃ、美少女双子探偵アーティストのふたりに大活躍してもらう予定なんで。メインステージの大トリ、すでに空けちゃってる的なやつなんですけど？」

「辞退するっす」

「断固拒否です」

「んもー。まいっちゃったなー。こっちは双子ちゃんたちのカッコいいところ聴かせたかっただけなのに。ヘンにこじらせちゃってまあ」

どんだけ理想が高いのふたりとも。

そう言って生徒会長は屈託なく笑うのだった。

†

しばし歓談した後、双子たちは生徒会室を辞した。

「……いやー。大変だったね心逢ちゃん」

「ええまったく。『もっとおしゃべりしよーよー』と駄々をこねる生徒会長をなだめるのは一苦労でした」

「でも可愛かったね」

「甘え上手ですよね。陰にこもったところがなくて、さわやかといいますか。五道院先輩によれば生徒会長は——宝島薫子先輩は、かなりのやり手でもあるそうですけど」

時刻は夕方。

双子たちは校舎の中を歩いている。部活動帰りの生徒と何人かすれ違って、そのたびに「あ、白雪シスターズだ」という目で見られるか、あるいは実際に口に出して言われる。詩愛と心逢は微笑んだり手を振ったりする。そのたびにキャッキャとレスポンスが返ってきて、しかし双子たちの関心は別の方に向いている。

「自分、思うんだけどさ」

「何をですか詩愛さん」

「新聞部の五道院先輩と、生徒会長の宝島先輩。あの人たちもさ、自分らみたいな扱いを受けてんのかな?」

「さてどうでしょう。普通に学校生活してる中で、あのふたりの先輩に会う機会がないですからね。断言まではできませんが——」

「受けてないよね、たぶん。アイドル扱いでちやほやされてる気はしない」

「明らかに目立つタイプの人たちではあるんです。五道院先輩は新聞の号外をじゃんじゃん出して、生徒たちが競うようにそれを読んで――いわば人気のライターなわけですし。宝島先輩に至っては、ある意味でいちばんの人気商売ともいえる生徒会長を務めていますから。あと顔がいいので」

「でもさ、すれ違うたびに名前呼ばれたり、黄色い声が飛んできたりはしないよね」

「でしょうね。もしそうであればさすがに気づきますよね。いくら心逢たちがまだ入学してから一ヶ月ぐらいしか経ってない受験組の新入生で、この学校の雰囲気がろくにわかっていなかったとしても。……まあもしかするとあの先輩たちも、入学したばかりのころは同じように騒がれていた、という可能性はありますが」

「つまりこういうこと？　自分らはまだ、ゴシップのネタとして鮮度が高い？」

「人の噂も七十五日、そのうち下火になって落ち着いていく未来は十分に考えられるでしょうね。ですが五道院先輩も宝島先輩も、全力で心逢と詩愛さんを使い倒すつもりでいる雰囲気があります」

「作られたトレンドかあ……そこに全力で乗っかっていく、という手はあるよね」

「ええありますね。心逢たちはお調子者で、いい格好するのが好きですからね」

初夏を迎えたこの季節。

校舎を出ると、そよぐ風が心地よく肌を撫でる。運動部の生徒たちの掛け声。都会の空気は排気ガスを含み、それでも西日の中でどこかさわやかに胸を満たす。

「先輩たちってさあ。なんであんなに親切なんだろ？」

「学園のアイドルだからじゃないですか。心逢たちが」

「それもあるんだけどさ。それだけじゃない気がする」

「打算があるからじゃないですか。心逢たちに利用価値があると判断しているのでは」

「それはあるね。ていうかそのへん、まったく隠してないからね、あの人たち。でもそれだけかって言われると、それだけじゃなさそうに思えるんだよね」

「普通に親切だからじゃないですか。単にいい人でやさしいからという、シンプルな理由かもしれませんよ」

「それもあるとは思う。ちょっと変わってるし、悪だくみもしてるかもしれないけど、確かに普通にいい人っぽい感じするもんね」

「ただ単に先輩としての立場があるからなのでは？　先輩だから後輩の面倒をみる。ごくまっとうな理由かと思いますけど」

「ホントそれね。確実にそれはあると思う。でもそれだけじゃまだ足りない」

「んもう」

心逢がしかめっ面をする。

「ああ言えばこう言うの典型じゃないですか詩愛さん。もう少し自分でも真面目に考えてくださいよ」

「でも心逢ちゃんだって納得してないっしょ？　ぜんぶありそうな理由で、ぜんぶ事実なんだろうけど、それだけじゃまだ足りない、って」

「ええそうですとも。探偵役を買って出た身としては、大いに不満が残る状況ですとも。乱歩先生も草葉の陰で涙していらっしゃるにちがいありません」

誰が置いたのか定かでない目安箱。

五道院京香は、宝島薫子と榊原亜希を容疑者にあげた。

宝島薫子は、五道院京香と榊原亜希を容疑者にあげた。

「なんかもー、パターン見えてきた気がするね」

「二度あることは三度ありますからね」

「じゃ、確認しにいきますか」

「ええ、いきましょう」


次なる行き先は、双子たちが起居する学生寮【叢風館】。

調査対象はまるで寮母さんみたいな寮長・榊原亜希だ。

【叢風館業務日誌より抜粋】

2月15日

某理事が来訪
やや興奮気味にみえる　めずらしいこと
双子の新入生の話を聞く　愛らしい子たちの予感　抱っこしてあげたい
某理事にも抱っこを提案したが断られる

3月2日

双子の新入生は叢風館に入寮するらしい
寮長の役得　あらかじめ資料に目を通す
とても哀しい子たち　もっと愛らしくなる　頭も撫でてあげたい

3月18日

近ごろ少し悩んでいる
あたしは双子の母になってあげられるだろうか？
愛しすぎても距離を置かれるのが母の定め
寮長の責任を果たしたい　全身全霊で寄り添おう
後継者問題なんて二の次　ただし無償の愛には嘘も必要

「五道院ちゃんと宝島ちゃんが怪しいと思うわ」

開口一番だった。

「目安箱を置いたのが詩愛ちゃんでも心逢ちゃんでもないのなら。あとはあの二人ぐらいしかいないと思うの、あたし」

5月15日。五道院京香と宝島薫子の事情聴取をした同日。

於、私立手毬坂女子学園学生寮【叢風館】談話室。

白雪詩愛と白雪心逢の双子コンビは、第三のターゲットである寮長・榊原亜希と面会している。


「理由もなくこんなこと言ってるわけじゃないのよ?」

榊原亜希は頬に手を当てながら弁明する。

小首をかしげた困り顔。ほのかに愁いを帯びたまなざしは、同性の詩愛と心逢からみても大変に色っぽい。

「あの子たちには動機があるの。まず五道院ちゃんだけど――」

「五道院先輩はあれっすよね、新聞部の部長でゴシップ好きだから。学園新聞の記事にするネタ作りのために自作自演した、って可能性があるっすよね。それに新聞部って部員が少なくて困ってるらしいんで、学園新聞の人気を保つためには手段を選ばない、っていう線もあるかもしれないっす」

「そう、そうなのよ！　詩愛ちゃん賢い！」

「それと宝島先輩についてですが。あのちっちゃいギャルの生徒会長にも動機がありそうです。生徒会にとって目安箱はある種の伝統。歴代の伝説的な生徒会長しか運用できなかった目安箱が復活すれば――復活してなおかつ、在学生たちの溜飲を下げる形で運用できるのなら。それは宝島先輩が率いる生徒会にとって十分すぎるメリット。目安箱の運用が回り始めさえすれば、手柄の出所はどうとでも操作できる。それだけの政治力が宝島先輩にはあるようですから」

「そう、そうなの！　心逢ちゃんジーニアスだわ！」

亜希が双子に惜しみない拍手を送る。

「双子探偵は自分たちの推理で結論にたどり着いたのね！　本当に素敵。あたしがあれこれ心配するのは取り越し苦労だったのかも」

その瞳は大変に無邪気であった。

心が痛くなってきたので、双子たちはすぐに情報源を白状した。

本日ここへ来る前に、五道院京香と宝島薫子の両名と会ってきたこと。

ふたりから話を聞き、あらかじめ容疑者を絞ってきていること。

「あら……そうだったの……」

亜希は、しゅん、としょげた顔をする。

「ごめんさいねあたし、ひとりではしゃいじゃって」

「ああいえ、自分らの方こそ……なんかすんませんっす……」

「すいません寮長、うちの姉が不調法でして……」

「ねえ心逢ちゃん。なんかあったらこっちのせいにするの、もしかして芸風にしようとしてる？」

「ふたりともケンカしないで。仲良くしましょうね。……ところで今日は五道院ちゃんと宝島ちゃんに会ってきたのよね？　手毬坂には慣れてきたかしら？　お友達はできた？　叢風館で不自由してることはない？　詩愛ちゃんも心逢ちゃんもまだ知らないことが多いでしょうから、困ったことがあったら遠慮なく頼ってね」

両の拳を握りしめ、ぐいっと身体に引き寄せる榊原亜希だった。

寮長は大きい人である。

身長は170センチを超えていそうだし、出ているところはたくさん出て、引っ込むところは遠慮なく引っ込んでいるタイプだ。先ほどの雑談タイムの中で五道院京香は【和製マリリン・モンロー】と喩えていたし、宝島薫子は【ダイナマイト】とひとことで表現していた。

つまりそういうポーズを取ると、本来は何気ない所作がとてもアダルティになってしまう。双子たちは目のやり場に困ると同時に『すっご……』という気持ちにもなるのだった。

（さすがにこの人とこっちの方面で勝負する気にはなれないっすね……）

（心逢も詩愛さんもお色気キャラでいくのは無理がありますからね……）

というのが二人の率直な感想。

「ところで思ったんすけど」

詩愛は訊いてみた。

「寮長さんって、もしかして五道院先輩と仲良かったりするんすか？　あと宝島先輩とも」

「仲良しなんかじゃないわ」

テーブル越しに向き合って座る榊原亜希が、ぷくーっと頬を膨らませる。黙っていれば色っぽい人妻（25）みたいな雰囲気の人なのだが、こういう仕草をすると急に年齢相応の先輩に見えてくる。

「ただの同期、ただの同学年というだけの関係よ。たまにLINEしたり、たまにお茶したり、たまに悩みを相談したり、たまに遊びに行ったりするぐらいで」

「仲いいっすね」

「でもケンカしてばかりなのよ？　五道院ちゃんも宝島ちゃんも、ああ言えばこう言うし、口から先に生まれてきたみたいな子たちだから。ちっともあたしの言うこと聞いてくれないし。あたしいつも怒ってるの。このあいだ三人でお買い物デートした時のケンカだってあたし、まだあの二人を許してないんだから」

「仲よさそうで何よりです」

「そんなことよりあなたたちよ」

双子たちの突っ込みをスルーして、亜希は両の手を合わせる仕草をし、

「目安箱って、ちゃんとやっていくのは大変だと思うの。あたし、犯人さがしよりも詩愛ちゃんと心逢ちゃんの方が心配だわ」

「心配っていうと——目安箱の運用の話っすか？」

「今のところ特に問題は起きていませんが」

詩愛と心逢は首をひねる。

「最初に六通のお手紙は来てたんすけど。それだけっすね、今のところ」

「まあそもそも？　目安箱が置かれてからまだ三日しか経っていませんからね。今の段階で山ほどお手紙が届く、みたいなことはないんでしょうけど」

「それにあの目安箱って学生寮の中にあるし。いくら出入り自由でも気軽にお手紙は入れられないんじゃないかな。ねえ心逢ちゃん？」

「ですよね。あれこれ無茶な要望とか歎願とかが来ないのであれば、そこまで張り切ったり気に病んだりする必要はないと思いますが。こっちとしてはまあ、ユルい感じでなんとなく、って感じでやっていくつもりでいますし。そもそも本来の仕事じゃありませんからね、心逢たちにとっては。なんとなく流れでやってることなので」

「甘い。甘いわよふたりとも」

口々に楽観論を唱える双子たちへ、亜希は首を横に振る。

「今は嵐の前の静けさだと思うのよ。五道院ちゃんが手毬坂新報で——学園新聞であれだ

け派手に宣伝したわよね？　だから今はそんなにお手紙が来ないかもしれないけど、そのうち状況が変わると思うの。今はあくまでも様子見なの。近いうちにね、それはもうきっとすごいことになると思うわ。何かをきっかけにして、手毬坂の生徒たちが目安箱に押し寄せる未来が見える……お嬢さま女子校の抑圧やら鬱屈やらを、詩愛ちゃんと心逢ちゃんに遠慮なく投げつけまくる姿が……あ、ちなみにあたし、占いが得意だから。いま言ったことは信用してもらっていいわよ」

などと言いつつ、亜希はろくろを回すジェスチャーをする。目の前にあるエア水晶玉に触れているイメージなのだろうか。

「もちろん理屈で言ったらね、手毬坂で目安箱が復活したのってもう十年も前の話だから。そのころの話をあたしだってちゃんと知ってるわけじゃないんだけど。でも手毬坂の空気ってね、ちょっと変わったところがあるの。内部進学組のあたしが言うのもなんだけど、実は変なノリで生きてる人たちが多いから。急に集団心理で妙なスイッチが入るところ、あるのよねえ。学園祭なんかはそのスイッチがいい方向に入るから、毎年はっちゃけた感じで上手くいくのだけど」

「意外っすね。お嬢さま育ちって、実はわりとそういう人が多いんすか？」

「基本的には品行方正な人が多い、というイメージを、心逢たちは勝手に持っていたんですが」

「それはもちろん、手毬坂にはたくさんの生徒がいるわけだから。いろんな人がいることは当然ではあるのよ。それでも校風というか学風というのかしら……手毬坂に集まると、不思議な連帯感でおかしな方向に突き進むみたいなところあるのよね。詩愛ちゃんも心逢ちゃんも、そのうち知っていくことになると思うわ」

亜希の言い方は、それこそ未来を予言しているかのような口ぶりであった。

「目安箱の話なんすけど」

詩愛が話を戻す。

「あれってなんで自分らの部屋の前に置かれたんすかね？　目安箱を復活させるのが目的だったら、もっと別の場所に置いてもいいわけじゃないすか。それこそ生徒会室の前とか。榊原先輩はどう思うっすか？」

「詩愛ちゃんと心逢ちゃんにやらせたいから、なんじゃないかしら。五道院ちゃんが置いたにせよ、宝島ちゃんが置いたにせよ、それ以外の誰かが置いたにせよ——みんなあなたたちには何かしらの期待をしてるもの。入学式からずっと白雪シスターズは手毬坂の話題の中心だから。そこに関してはあたし、むしろ自然だと思うわよ？　あなたたちと関係ない場所に目安箱が置かれていたら、逆にそっちの方がびっくりするわ」

「ちなみに目安箱が置かれていた状況からして」

心逢が割って入る。

「学生寮の誰かがやった犯行、という可能性は十分にあり得ると思うんですが。この点について寮長の意見を聞かせてもらえますか」

「あら。もしかしてあたしも疑われてる？」

「可能性を排除できないという意味では、榊原先輩だけ外すわけにはいきませんね。もちろんその場合、心逢と詩愛さんも容疑者に含めるのがフェアですけど」

「うーんそうねえ……」

人差し指をほっぺたに当てて、天を見上げるポーズを取る亜希。

芝居がかっている、あるいは可愛い子ぶっている、と見られかねない仕草なのだが、このアダルティな寮長は不思議と無邪気な雰囲気があり、嫌らしさを感じさせない。

「その可能性は否定できない……というより、最初に疑うべき可能性に思えるわよね。その気になれば、叢風館に住んでる誰だって簡単にできることだもの」

「そうなんすよねえ」

「さすがに無視できない可能性なんですよね」

「だからね、もし目安箱を部屋の前に置かれたことで、あなたたちが気分を害しているんだったら……その場合はあたしが責任を取らなきゃ、って思ってるの。だってあたしここの寮長だもの」

「んー。どうなんすかね？　怒ったりはしてないっすよ、別に今のところは。誰が何を考えてやったのかを知りたいだけで。ねえ心逢ちゃん？」

「詩愛さんの言うとおりですね。生徒会長は『つるし上げマスト』とか物騒なこと言ってましたけど、心逢たちにはそんなつもり毛頭ありません。あくまでもニュートラルな立場でいるつもりです。あくまでも今のところは、ですけど」

「そう。あなたたちが嫌な気持ちじゃないなら、あたしも一安心だわ」

ふう、と吐息をついて目を閉じる亜希。

「一応これでもね、手毬坂の母なんて呼ばれてるから。〝子供たち〟の面倒は見なきゃなの。何か事件があったら見て見ぬ振りはできないのよね。母として」

「寮母さんじゃなくて寮長なんすけどね、榊原先輩って」

「お母さんっぽい見た目なのは確かですけどね。お母さんというかマダムというか」

「こら心逢ちゃん。失礼だよ先輩に向かって」

「それは誤解ですよ詩愛さん。心逢はむしろほめているんです。榊原先輩は、世界でいちばん人妻が似合う女性だと思っていますし」

「それってホントにほめ言葉？　まあ確かにシスターのコスプレとかさせたら、いろんな人の性癖がねじ曲がりそうだとは思うけど」

「それに榊原先輩は、お肌がぷりっぷりのつやっつやですから。女子高生なんだな、というのは見ればちゃんとわかりますので」

「でもそれがまたさ、全体の雰囲気とかしゃべり方とかとあいまって、なんか頭がバグるんだよね。すんごいギャップがあって」

「わかります。えっちですよね榊原先輩って」

「うん。要するにひとことで言うとそれだね。えっちだよね」

双子たちは口々に好き勝手なことを言う。

亜希は気分を害した風もなく笑う。

「詩愛ちゃんと心逢ちゃんにだったら何を言われてもニコニコできるかも。セクハラおじさんに言われたらほっぺたを引っぱたいちゃうけど。あなたたちからそう言われるとお母さんとっても嬉しいわ。……あら間違えた。寮長とっても嬉しいわ」

「ところで榊原先輩のことも聞いておきたいんすけど」

目安箱に入ってた依頼なんで、と詩愛は前置きして、

「手毬坂学園は内部進学の多い女子校で、いいところのお嬢さんが多いって聞いてるんすけど。先輩は内部？　外部？」

「あたしは内部進学よ。五道院ちゃんと同じね。宝島ちゃんみたいな子はかなり珍しいのよ、いろんな意味で」

「あのちびっこギャル先輩、目立ってますもんねえ。外から入ってきてあのキャラだったら、新入生の時はもっと目立ってたはずっすよね」

「ええ、ええ。それはもう。目立ちまくりだったわよね。そっか、もう一年も前の話なのね……懐かしいわあ」

「ちなみに五道院先輩も、最初から目立ってたクチなんすかね？」

「ええそうね、目立っていたといえば目立っていたでしょうね。でもあの子は中等部の頃からあんな感じだったし、そもそも昔から目立っていたわけだから。宝島ちゃんほどでは

なかったかしら」

「榊原先輩は？」

「あたしこういう見た目でしょう？　自分でも嫌になるくらい色々大きいから、やっぱり周りの目は引いちゃってたわよね。でも内部進学組だし、目立つか目立たないかで言えば、五道院ちゃんとあまり変わらないくらい、だったんじゃないかしら」

　亜希は腕を組み、あごに手を当てて、真剣そうな顔をする。

「五道院ちゃんと宝島ちゃん、どちらの方に強い動機があるかと言えば……宝島ちゃんの方、ということになりそうよねえ。目安箱にこだわる理由も生徒会にはあるし、あなたたちと同じで外からの受験組なんだもの。何かと肩入れする立場だと言われたら納得しちゃうわ。……うん、じゃあ犯人は宝島ちゃんで決まりね！　なんて悪い子なのかしら！　あとでキツく言っておくわね？　つるし上げしなきゃ」

「先輩。今はあなたの取材をしているところですから」

　心逢が塩対応をした。

　年頃の娘が面倒くさい母親と会話してる時みたいな態度だね、と詩愛は思った。

「内部進学ということでしたが」と心逢。「榊原先輩もやはり、いいところのお家《うち》の出身、ということでよろしいんでしょうか」

「はーい。そうでーす」

　亜希は行儀よく手を挙げて、はきはきと答える。

「あたし、いいところのお家の出身でーす。家は旧華族で、お屋敷も広いでーす。今でも家にお手伝いさんがいまーす」

「ガチお嬢さまじゃないですか」

「昔はお城も持ってましたー」

「大名じゃないですか」

「でも親戚同士の付き合いは面倒くさいでーす。財産の取り分でいつも揉めてまーす。あとセクハラおじさんもたくさんいまーす」

「苦労が多いじゃないですか」

「ちなみに恋愛経験はありませーん。母とか呼ばれてるのに処女だなんて、なんだかおかしいわよね。ふふ」

「めちゃくちゃぶっちゃけるじゃないですか」

「占いをしましょう」

唐突な亜希の宣言に双子は面食らった。

「その発想はなかったっす。いきなりすぎないっすか」

「急に話の流れを変えるのは、何かしらのご病気の初期症状じゃないかと心逢は思うんですが」

「でもだってあたし、自分の話をしたじゃない？　プライベートな話をして、恋愛経験がないことまで話したじゃない？　だったらもう、次は詩愛ちゃんと心逢ちゃんを丸裸にするしかないじゃない？　その権利、あたしにはあると思うのだけど？」

「寮長先輩、自爆テロみたいなことするんすね……」

「まあ占ってもらって損することも特にありませんけどね」

「じゃあふたりとも。手を出してくれるかしら。手相を見るわね」

双子たちは言われたとおりにした。

詩愛、心逢、の順に、差し出された手を亜希はそっと両手で包み込む。その様子は何かを慈しむようで、母キャラを超えて聖母マリアみたいに見える。

「おてて、柔らかいわね。赤ちゃんみたい」

「さすがに赤ちゃんは言いすぎだと思うっす」

「最低限のスキンケアはしていますけどね」

「ハンドクリームはロクシタン。乳液は資生堂。化粧水は……うーん無印良品かしらね」

「え、けっこう当たってるんすけど……ちょっときもい……」

「手相を見るって、基礎化粧品ソムリエ的な意味だったんですか……？」

「ちがうわよ。普通に占い的な意味。……はい、ふたりともありがとう。いろいろと興味深かったわ」

双子たちの手を放し、亜希は思案顔で目を細める。

「あたし初めて経験するんだけど、双子って手相まで似てるのね。面白いわ」

「え、そうっすか？」

「そうでもないように見えますけど」

詩愛と心逢はお互いに両手を広げ合い、覗き込み合う。

見た目はコピーしたようにそっくりなふたりだが、食い入るように眺めてみても手相が似ているようには思えなかった。生命線、感情線、頭脳線、金運線——知っている範囲の知識を総動員しても、双子たちの手相は異なる。何なら線によってはあからさまに違いがある。

「そりゃあね、指紋とかおめめの虹彩とかと同じで、まったく同じになることはあり得ないわよ？　いくら双子でも別の人なんだから」

当然、とばかりに頷く亜希。

「それに、皺の数や形だけで占いをしているわけじゃないから。それにしても——うん。やっぱり似てる。全体の様子がすごく。寄り添って歩く姿が見えるかのよう。足りないところは補い合う姿——分けては考えられないもの。時にぶつかり合って、それでも交わり合うもの——」

まるで詩でも詠《うた》うように亜希は語る。

そのリズムが心地よくて、詩愛も心逢もつい、聞き入ってしまう。

「全体のイメージはいったん置いておいて、わかりやすい相も話しましょう。詩愛ちゃんも心逢ちゃんも、特に目立つのは金運線なんだけど——」

「おっ。いいいっすねーそれ」

「ええまったく。お金はいくらあっても困りませんからね」

「ねえねえ心逢ちゃん。お金がたーっくさん手に入ったら何が欲しい？」

「うーんそうですね。博物館を建てるとかいいかもしれませんね。あとは図書館とか」

「大きく出たねえ。じゃあ自分は楽器屋さんのオーナーになっちゃおうかな。あとライブハウスを作っちゃうのもアリかも」

「ふたりとも金運には恵まれてないわ。残念だけど」

コントとか漫才だったら、双子たちはこのタイミングでずっこけているところだ。

コントでも漫才でもなかったので双子たちはずっこけなかった。その代わり口々に文句を言った。

「寮長せんぱぁーい。それひどくないすか？」

「流れ的にラッキーな話だと思ってたのに、はしごを外された気分です。なんか思わせぶりなイントロで話が始まったから、心逢も詩愛さんも油断してしまったじゃないですか」

「あらごめんなさい。そういうつもりじゃなかったのだけど。……ええとつまりね、あなたたちは二人とも【お金に愛されてなさそう】な相が出てるの」

「全然フォローになってない上に、まああのパワーワードを食らってる気がするっす」

「つまりほとんど救いがないってことじゃないですか。心逢たちの将来、お先真っ暗確定なんですか？」

「そうでもないわよ？　あたしの見立てによれば、ふたりともお金そのものはたくさん手に入ると思うの。だけどあまりにもお金離れが良すぎる感じ。どちらかというと【お金に愛がない】という感じかしら。お金の方から近づいてきてくれるのに、あなたたちの方から離れてしまうのよ。それこそ博物館とか楽器屋さんとか作っちゃったりしてね。儲かりもしないのに」

「なるほど……それはある意味、ロックっすねえ」

「【金色夜叉】の寛一とお宮を連想させます……でも心逢はできることなら、お金を下駄で蹴り飛ばすような真似はしたくないです」

「だったらお金を愛せばいいのよ。具体的にはしっかり貯金して、真面目に資産運用もする。そうすればきっとお金の方もあなたたちを愛してくれるんじゃないかしら」

「ロックじゃないっす」

「事務仕事は苦手です」

「難しい子たちねえ」

亜希は苦笑いしながらも、

「まあでも大丈夫。あなたたち、芸能の運には恵まれてるわ。それこそ音楽だろうと小説だろうと、アート系ならなんでもいけそうなくらい」

「おっ。それは耳よりな話っすね」

「でもどうせまたオチがつくんじゃないですか？　才能はあるけど成功はしないとか」

「そんなことないわよ？　むしろ高い確率で成功する。たゆまぬ努力は必要でしょうし、山あり谷ありになるのは確実でしょうけど」

「ふむふむ、そうなんすね。まあ努力が必要なのは当たり前だし、山あり谷ありにならないわけがないんで。だったらまあ、いい方の占い結果じゃないすかね」

「安心するのはまだ早いですよ詩愛さん。成功するのは心逢たちが死んだあと、みたいなオチがつく可能性だってあるじゃないですか」

「疑り深くなってるわねえ。心配しないで、ちゃんと生きてるうちに成功する相が出てるから」

「えーまじっすかー？　それ、ちょっと普通にうれしい話っすねえ」

「まったくです。白雪シスターズの未来は明るい、と言っても過言ではないでしょうね。参加賞をもらうだけだったり、主催者と握手するだけのご褒美しかもらえない現状からはいずれおさらばできるわけですから」

「じゃあ次のギターコンテストはグランプリだ！」

「小説の新人賞も大賞まちがいなし、でしょう！」

「約束された成功！」

「人生バラ色！」

双子たちは意気軒昂になってきた。

「それゆけ白雪姉妹のお通りだ！」

「双子が通れば道理が引っ込む！」

「美しいだけでなく奥ゆかしい！」

「そのうえ才能まであってすいませんね！」

「選ばれし者たち！」

「ノブレス・オブリージュ！」

いえーい！

双子はハイタッチして盛り上がった。

榊原亜希は困り顔で指摘した。

「でも恵まれてないのよね。金運には」

双子はものすごく白けた顔をした。

「……せんぱぁーい」

詩愛が恨めしそうに、

「なんでそんな、水差すこと言うんすかー。せっかく気分あげてるのに」

「〝手毬坂の母〟という二つ名にふさわしくない鬼っぷりです」

心逢もじっとりとした目をして、

「成功してもお金は儲からないという論理的な帰結から、あえて目を逸らしていたというのに。先輩には慈悲の心というものがないんですか」

「ああごめんなさい。つい、はしごを外したくなっちゃったわ。だってあなたたち可愛いんだもの。お詫《わ》びに頭を撫でてもいいかしら？」

亜希は身振りで頭を撫でる仕草をした。

双子たちは大人しく頭を差し出した。

しばらくの間、双子の頭を聖母マリアみたいな顔で撫でてから、亜希が言った。

「これは前提の話なのだけど。そもそも占いって、何もかも解き明かすのが正解だとは思わないのよね。それに論理でゴリ押ししていくのもあたしは好きじゃない。だってしょせんは占いだもの。未来予知とは違うんだから」

「それ言っちゃオシマイっすよ、先輩」

「まあ厳密な根拠が必要なジャンルでもありませんしね」

「ちなみに占いによると、犯人は近いうちに見つかると思うの」

「言ってるそばから根拠の薄そうな発言が」

「犯人が自白でもしてくれるんでしょうか？　今のところ事件の真相に近づいてる気が、あまりしないんですけど」

「まあ探偵の役割は詩愛ちゃんと心逢ちゃんにお任せするわ。あたしはあくまでも容疑者のひとりとして、自分の役割をまっとうするだけ。……ところでふたりとも、叢風館での生活はどうかしら。不自由はしてない？」

ころっと話題を変える亜希。

「快適っすね」

詩愛は即答する。

「建物めっちゃキレイだし。お部屋もキレイ、ごはんは美味しい、正直なところ理想的と言っていい環境じゃないかと」

「上下関係が厳しい、みたいなこともありませんしね」

心逢も同意する。

「掃除の当番とかはありますけど、共同生活なんですからそこは許容範囲でしょう。それ以外は学校にいる時と同じですけどね。周りからは動物園のパンダを見る目で見られてるのは変わりなし。……上下関係が厳しくないというよりは、上下関係を強いてくる相手がそもそもいない、と言う方が正しいかもしれませんが」

「そのあたりは仕方ないわね」

亜希は笑顔。

「双子ちゃんたちは特殊な立場だし、それに周りの人たちも本人たちも乗っかっちゃったから。妙な状況とかおかしな流れとかは、しばらく続くと思うわよ？」

「しばらくって、いつぐらいまでっすか？」

「さあ？　何ヶ月とか、半年とか、一年とか。もしかすると卒業するまで？」

「そんなことあり得ます？　神輿をかついでわっしょいしている状況なわけですよね、今ってつまり。こういうお祭りって、短い間しか続かないからお祭りなんだと、心逢は認識していますけど」

「どうかしらねえ。でもあたしの経験から言わせてもらうと、手毬坂って、わりとヘンなことがまかり通る場所よ？　何が起きても不思議じゃないわね」

双子たちは憮然とする。内部進学組であり、学生寮で数十人の年頃少女を束ねる立場にある榊原亜希の発言には、妙な説得力があった。

「それにしても五道院ちゃんが悪いのよね、この話って。双子ちゃんをお神輿に乗せた張本人だものね。あの子が目安箱を置いた犯人だったとしても、何の不思議もない気がするわ。……ところでふたりともＬＩＮＥやってる？　連絡先、交換しておきましょ。ちなみにだけどあたし、実は後継者を探しているのよ。後継者っていうのは、次の寮長の話ね？基本的には叢風館に入居してる二年生の中から選ぶんだけど、こういうのは転ばぬ先の杖、って言うじゃない？　できれば今のうちから跡継ぎを育てておきたいんだけど、これといった子がいなくて。双子ちゃんたちなら圧倒的に人気もあるし、特待生だし、もちろん叢風館の寮生だし、ぴったりだと思うのよ。正直、寮長やってても得することはないのが申し訳ないんだけど……大学の推薦枠は選び放題だし、大学を卒業したあとも就職先には困らなくなるらしいんだけど、あなたたちには関係なさそうだものね。ある意味、生徒会長と同じようなポジションではあるわ。公僕というかみんなのご奉仕係。うーん、自分で言ってて何だけど、双子ちゃんたちが好きじゃなさそうなワードばかり並べてる気がするわね……あ、ちなみにもう五道院ちゃんからはスカウトされた？　宝島ちゃんからはどう？あのふたりもぜったい双子ちゃんたちのこと狙ってるでしょう？　あたしもがんばってリクルートするから、よかったら頭の片隅に置いておいて頂戴ね。そうそう頭の片隅といえ

「ぱ——」

†

……お母さんの長話みたいになってきたので、ほどほどにして取材を切り上げた。

食事、入浴、宿題、スキンケア。

お嬢さま学校のこじゃれた学生寮であっても、女子高生の一日の終わりが大忙しであることには変わりがない。

「いやー。疲れたね今日は！」

就寝前のりんごジュースをぐいっと呷りながら、詩愛は自室のソファーにもたれかかる。

「一日に三人も取材したら、身体くったくただよ。社会人のひとたちってすごいよね。こんなの毎日やってんのかー」

「キャラの濃いひとたちでしたからね、今日の三人は」

自分のグラスにりんごジュースを注ぎながら、心逢も同意する。

「あの先輩たちを相手にして探偵の役回りをするのは、社会人のひとたちだって苦労するでしょうよ。そもそも白雪シスターズはインドア派ですから」

「ライブの時はそうも言ってられないけどね。基礎体力もちゃんとつけておかないとやっぱダメかあ……」

「できれば本に囲まれた書斎で物思いにふけりながら、思う存分に推理を働かせたいんですけどね。安楽椅子探偵の方が楽できますから」

「自分らのアタマじゃ無理だって。一日歩き回ってもなーんもわからんかったよ、自分は。あと発声練習はちゃんとしといてね？」

「はいはいわかってますよ。それに『なーんもわからんかった』ということはないでしょう？」

心逢は現時点で判明していることをメモに書き留める。

・五道院京香、宝島薫子、榊原亜希、の三名から供述を得た
・三名はそれぞれ、目安箱事件の犯人であることを否定。自分以外の二人が犯人ではないかと疑っている
・三名は各自、動機となりえそうな事情を抱えている

「……ほら。こんなにもたくさんのことがわかっていますよ」

「で、犯人は誰？」

「わかりませんね現段階では」

「だったら何もわかってないのと一緒じゃーん」

ソファーにそっくりかえって大の字になる詩愛。

「ていうか、探偵の自分らが楽する方法を思いついたんだけど」

「ふーん。どんな方法です？」

「五道院先輩と宝島先輩と榊原先輩の三人で、ディベートやってもらう。それで最終的には三人の投票でひとりを選んでもらって、選ばれた人が犯人ってことにする」

「人狼ゲームじゃないんですから」

心逢は呆れ顔。

「そもそも前提としてあの三人、この件の解決を望んでないじゃないですか。心逢たちが目安箱を自主的に設置したことにして、学園のお助けマンとして奮闘してくれる方が、あの三人にとって都合がいいと見受けました。協力的ではありますし、好意的な態度も取ってくれてますけど、積極的に犯人を見つけようとしてくれないのでは？」

「うーんそっか……じゃあこうしよう。先輩たちに泣き落としをかける！　あの人たちって、自分らに協力的で好意的なわけだよね？　だったらワンチャン、成功する可能性もあるんじゃない？」

「泣き落としが成功したとして、どんな結論にもっていくつもりでいるんですか。『犯人は実はわたしでした』みたいな感じで自白してくれるようにお願いするんですか？」

「無理かなあ？」

「過度な期待は禁物でしょうね。そもそも詩愛さんの提案はあの三人以外の第三者が犯人である可能性を無視しています。この学園の人間なら誰にでも目安箱を置ける可能性はあるし、学園の人間じゃなくたって条件次第では犯行に及べる可能性はあるでしょう？」

「それ言い出したらキリがないじゃーん」

「だから今こうして困っているんじゃないですか」

「よし、じゃあここはアレだ。実は心逢ちゃんが真犯人だった、という結論で納得してくれない？」

「詩愛さんが真犯人だった、というシナリオで話をまとめることも可能ですよ？　お望みなら適当に証拠もでっちあげておきますが」

双子たちはお互いを白い目で見た。

心逢が「とはいえ……」と不意に真剣そうな顔をする。

「よくよく考えるとこれ、心逢にとっては嫌いじゃない状況ではあるんですね。ある意味においては」

「どういう意味で？」

「だってこれ、一種の〝クローズドサークル〟的な状況に置かれてるわけじゃないですか。学園の内部で起きている事件であり、容疑者も概ね学園の関係者に限られる。しかも心逢たちの立場的には、手に入る情報がかなり制限されているわけです。つまりこれは広い意味においての〝密室〟にあたります。物書きの端くれとしては、心躍らせるべき状況なんですよね」

「ミステリオタクの感覚は、お姉ちゃんにはわかりませーん」

ギタースタンドから赤いテレキャスを取り上げながら、詩愛はまた白い目をする。

「今の状況ってアレでしょ？　ただ単にさ、自分と心逢ちゃんが調子こいたせいでヘンに学校で孤立しちゃってる、ってだけの話でしょ？　そんなんでおめめキラキラされてもなあ。妹の発言でも、ちょっとフォローしづらい」

「とはいえ、少なくとも心逢は考えつきませんでしたよ。こういう設定」

「先人があえて通らなかった道、なんじゃないの？」

「嗚呼《ああ》、なんて可哀想なひと。詩愛さんは与えられた状況を最大限に楽しもうとする才能に恵まれず、才能に恵まれた人間に皮肉を言うことでしか満足を得られない、生まれながらのアンチ気質なんですね。双子に生まれついたのにどうしてこんな差がついたのか……慢心、環境の違い……」

「ちょっとツッコんだだけで早口で反論するヤツぅ～」

じゃら～ん。

アンプに繋いでないFのコードが、ちょっと間抜けな響きで部屋を満たす。

「ずるいですよ詩愛さん。ギター漫才みたいにちょっと面白風にしゃべったら、なんか言い勝ってるように見えるじゃないですか」

「ずるいって言うなら心逢ちゃんもギター弾けばいいじゃん。別に弾けないわけじゃないんだから。もしくはお得意の文才で歌い上げるように主張してみたら？　大昔の詩人みたいにさ。心逢ちゃんボーカル上手いんだし」

「即興でリリック組むのは才能と訓練が必要なんですよ。心逢は腰を据えてじっくり言葉に向き合うタイプなので。……まあそれはともかく」

りんごジュースを飲み干しながら、心逢。

「あれこれと種は蒔いていますから。条件がそろえばそのうち芽が出るでしょう。結果が出るのも時間の問題かと思います」

「じゃあ芽が出るまで待つ？」

「まさか。そんなの心逢たちの性に合わないじゃないですか」

「マネさん言ってたよね。自分らが〝知らないだけ〟だって」

「先輩がたも言ってましたね。心逢たちが〝知らないだけ〟だと」

「知らないだけって言うなら」

「知るためのコストを掛けるまで」

「とりあえずアレだ、学園新聞のバックナンバーを追っかけて」

「あとは生徒会の記録も遡らないと」

「しばらく徹夜かな」

「徹夜でしょうねえ」

「自業自得とはいえ――」

「妙な状況に迷い込んでしまったものです、まったく」

じゃ～ん。

じゃら～ん。

じゃ〜ん。
詩愛がC↓G↓Cの順でコードを鳴らした。
起立、礼、着席、の馴染みある響きが、ふたたび間抜けに部屋を満たす。

私立手毬坂女子学園高等部歴代生徒会長一覧より抜粋

第八十七期　宝島薫子
第八十六期　佐久間心春
第八十五期　秋原杏
第八十四期　高橋由宇
第八十三期　村橋亜寿沙
第八十二期　別府凜
第八十一期　大久保花音
第八十期　沢登葵
第七十九期　昭島唯
第七十八期　竹原美咲
第七十七期　藤小路佳乃
第七十六期　冬元さくら
第七十五期　里山比奈
第七十四期　台場陽子
第七十三期　渡辺理奈
第七十二期　弓塚麻衣

第七十一期　石月茜

第七十期　千代田彩佳

第六十九期　伴野愛……………。

第六十八期　松木優子……………。

第六十七期　白雪静流　白雪美鶴……。

巡り合わせが悪かった、としか言いようがない。

あるいは巡り合わせは良かったのかもしれないが、横沢翠《よこざわみどり》（手毬坂女子学園高等部一年生）にとってはまさしく青天の霹靂《へきれき》な出来事だった。平和なはずの学園内で拉致・監禁を経験したのだ。

「おっと可愛い子ちゃん。声を出しちゃいけないゼ？」

第三校舎の特別教室棟。前の授業で忘れ物をしたのが運の尽き。決して人通りが少ない場所ではないものの、購買部や食堂に向かう生徒たちの流れからは明らかに外れている。群れから外れた個体が餌食《えじき》となりやすいのは、永劫変わらぬ大自然の常だ。

「ちなみに君に声をかけたのは単なる偶然だぜ。なんとなく扱いやすそうで昼休みにたまたまひとりで廊下をうろついてた生徒に目をつけて、白昼堂々と連れ去った。それだけのことサ。ツイてなかったな、お嬢ちゃん」

「できれば一年生がいいなとは思っていたんだぜ。ちょっとは気が楽だしナ」

「基本的に面識ないしナ、ここの学校の人とは」

「先輩とかじゃなくて、第三者の話を聞かなきゃならなかったんでね……悪く思うなヨ」

大胆な犯行者は二人組であった。

どちらもサングラスをしている。そして帽子をかぶっている。

気が動転している横沢翠は声も上げられない。青い顔をして、車通りの多い交差点に置き去りにされたウサギのようにぷるぷる震えている。

「……うーんダメだ」

二人組のひとりが急に声色を変えた。

「心逢ちゃん。ぜんぜんウケてないよ、この格好とこのキャラ」

「ですね。やめときますか」

二人組はサングラスを取り、かぶっていた帽子も脱いだ。

横沢翠は目を丸くした。

「しっ、白雪シスターズ!?　……さん!?」

「はいどーもー。詩愛でーす」

「心逢でーす」

「ふたり合わせて」

「白雪シスターズでーす」

「えっ？　えっ？」

「……いやダメだ。お笑いコンビっぽくやっても空気が変わってない。自分ら、オモロないヤツらのカテゴリに入れられちゃう」

「このままでは不器用なコミュ障のレッテルを貼られてしまいますね……もはやこの世の終わり……腹を切って詫びるしか……」

「えっ？　えっ？　……えっ？」

「……いや、あの。原因作ったのこっちではあるんだけどさ」

「そこまで戸惑いの強いリアクションをされてしまうと、ちょっと対応に困ってしまいます。非礼はお詫びしますので、お名前をうかがっても？」

「えっ、あっ、は、はい！」

呆気にとられていた被害者が、そこでようやく我に返って、

「わたし、横沢翠といいます！」

「なるほど。横沢さん」

「手毬坂女子学園高等部、一年生です！」

「うんまあ。制服見ればわかるよ」

「身長156センチ！　体重は48キロです！」

「うん。バランスの取れた体形だね」

「彼氏いない歴15年！　好きなカップリングは誘い受けです！」

「そこまで自己開示せずとも」

詩愛が珍しく困り笑いをして、横沢翠は顔を真っ赤にしてうつむく。先ほどまで真っ青だった顔が、リトマス紙みたいに鮮やかな変色ぶりである。自分のせいであることを棚に上げて、詩愛は横沢翠の循環器系が心配になってきた。心臓や血管が忙しそうな生徒だ。

「まあまあ。とりあえず座ってください」

心逢が笑顔でとりなしに入る。

「立ち話もなんですから。大丈夫、ちょっとキャラ作りを失敗しただけで、別に悪気はな

いんですよ。ただお話を聞きたいだけ。グラサンと帽子をかぶってコンセプトが迷子になってるキャラ作りしたって、見せられる方は困ってしまいますよね。大丈夫、心逢はあなたの味方です。まずは深呼吸して息を整えて。あ、りんごジュース飲みますか？　おいしいですよ？」

「……ねえ心逢ちゃん。自分のこと棚に上げてしゃべってる？　このしょうもない作戦を最初に言い出したのって心逢ちゃんだったよね？」

「詩愛さんは少し黙って。……横沢さん、とにかくまずはリラックスを。大きく息を吸って、そして吐いて」

「――すうぅ――はあぁ――すうぅ――」

律儀な人であるらしい横沢翠は、言われた通りに深呼吸をした。

「すいません取り乱しました。あ、りんごジュースいただきます」

「うん。どうぞどうぞ」

「……はあ、おいしい。ところでお二人ともご存じですか？　りんごに限らずの話なんですけど、果物のジュースってジュースそのままの形で輸入されることってほとんどないんですよ。水分を飛ばした原液の状態で、大きな船のタンクに入れられて運ばれてくるんです。そのやり方って原油とか天然ガスを運んでくるやり方と同じで――」

「まだ冷静に取り乱してる気がするよ、横沢さん」

「すすすいません。あの白雪シスターズとお話してると思うと、緊張しちゃって。あ、お昼ごはんどうしよ。お弁当持って移動してるところだったんです」

詩愛も心逢もお昼ごはんは持ってきている、ここで一緒に食べてしまおうよ、ということで話をまとめた。「白雪シスターズとお昼を一緒に!?」的なリアクションを適当に受け流しつつ、詩愛はたまごサンドの封を切りながら、

「いやホントごめんねー、いきなりこんなシチュエーションかましちゃって」

「い、いえそんな。恐縮です。光栄です。ええとわたし、白雪シスターズのお二人とお話してるんですよね？」

「うんそだよー。白雪シスターズだよー。ていうか自分ら学年いっしょなんだし、もっとフツーにしてくれていいからねー？」

「否《いな》。今ここにいる我々は白雪シスターズではない。いわば白雪ファントム。本来は存在しなかったifの世界線における並行的かつ重層的な上位互換の」

「心逢ちゃんはちょっと黙って。……ええとそれでね横沢さん。自分ら、ちょっとキミとお話したいんだけど」

「あっ！　もしかしてあれですか、新聞部の取材ですか!?　白雪シスターズは五道院先輩を始めとする手毬坂三人衆のみなさんと仲がいい、という噂を聞いていますので！　そういうことであれば納得です！」

「て、手毬坂三人衆？　初めて聞く用語だけど……ええとうん、そう、そうなんだよね。新聞部の取材みたいなものなんだよこれは。なので肩の力抜いて、フランクでイージーな

感じでおしゃべりしてくれると嬉しいかな、って自分は思うな。ドゥーユーアンダスタン？」

「はい！　お言葉とあらば！」

　横沢翠は背筋をピンと伸ばし、全力で肩に力を入れながらリラックスした笑顔を見せるという、器用なリアクションを示した。

　やはりこの学校にはヘンな人が多い、偶然つかまえただけの生徒なのにキャラが濃いな、と双子たちは思った。

「じゃあ、はい。取材を始めるってことで」

　気持ちを切り替えつつ、たまごサンドを頬張りつつ、詩愛はメモを取る準備を整える。

「えーっとじゃあ、横沢さんのことをもうちょっと聞くところから」

「身長156センチ！　体重は48キロ！　彼氏いない歴15年！　好きなカップリングは誘い受けです！」

「うん。それはさっき聞いた。自分らと同じ一年生なのもわかる。それと、自分らと同じクラスでもないし、学生寮の人でもない。……えーっとじゃあ、横沢さんって受験組の人？　内部進学の人？」

「内部進学です！　初等部からずっと手毬坂です！　……うわあ、わたし白雪シスターズとお話してる……謎めいた超新星、手毬坂の奇跡と呼ばれているお二人と！　光栄だなあ……」

「そこまで評価高いと逆にこっちは引くんだけど。ええとまあそれはそれとして。ちなみに横沢さん家《ち》ってなんの仕事やってる？」

「えっ、うちですか？　ええと、パパは銀行で働いていて、お仕事は頭取をやっているそうです。ママは生け花の家元やってます」

「この学校、そんな人ばっか……ちなみにちょっと前の話に戻るんだけど。手毬坂三人衆って何？　たぶん五道院先輩と宝島先輩と榊原先輩のことだよね？　あの三人って、この学校じゃそんなに名前が通ってるの？」

「はいそれはもう！　三人衆のみなさんは美人で可愛いですし。ポジション的にも手毬坂の中心を担うエースの人たちですし。わたしにとっても、中等部の時代からずっと憧れの存在でした」

「そのわりには学校のみんな、その三人衆を特別あつかいしてなくない？」

「そうですか？　ぜんぜんそんなことないですよ？　ファンの子とか追っかけの子とか、たくさんいますし」

「うーん、そう？　でもあの人らってさ、ファンとか追っかけがいるにしても、フツーに学校生活してる気がするんだよね。少なくとも自分らとは、あつかいがだいぶ違う気がするんだけど」

「三人衆のみなさんと白雪シスターズのあつかいが、ですか？　ええそれはもう、違うのは当然だと思いますね。そもそもまず、お二人は外部からの受験組ですし」

「受験組って言っても、たとえば生徒会長の宝島薫子先輩も受験組っしょ？　そこまでのレアステータスってわけじゃないと思うけど」

「いえいえお二人はレアステータスですよ。だって今年の一年生って、受験組なのは白雪シスターズだけですから」

双子たちは目を丸くした。

初めて知る話である。

「え、そうなの？」

「ええそうです」

「外からこの学校に入ってくるのって、そんなにレアだったたん？」

「レアだと思いますよ？　たとえば三人衆のみなさんは二年生ですが、二年生の受験組は十人ぐらいだったと聞いてます。手毬坂高等部の人数からすると、十人という数字はかなり少ないですよね」

「……十人のところが二人だったら。もっとレアだよねえ」

「おっしゃる通りで！　しかも双子！」

我が意を得たり、とばかりに破顔しながら、横沢翠はアスパラのベーコン巻きを頬張る。

「ですがそれだと」

心逢が詩愛からバトンタッチする。

「学生寮の部屋が余ってしまいませんか？　そんなに外部から入学してくる生徒が少なか

ったら、学生寮の部屋が常に空いている、という状況になりそうですが」

「あ、それはないですね。叢風館は大人気なので毎年抽選になります。だって内部進学組でも、家が近い人でも、叢風館に入りたい人はたくさんいますから。そう言ってるわたしも抽選に参加して、今年もハズレちゃったクチです。かといって受験組に優先権が保証されてる、というわけでもないですし。遠いところから入学したのに叢風館の枠が取れない、なんて例はけっこうあるみたいですよ」

「……初めて知る話ですね。心逢たち、もしかして運が良かったんでしょうか。二人だけの受験組で、学生寮にも問題なく入れて」

「いえ！　お二人は特別なんだと思います！」

「心逢たちが特別だと考える根拠は？」

「それはもういろいろありますけど。ビジュアルが可愛いですし、見た目そっくりな双子なのも最高ですし、三人衆のみなさんからの覚えもめでたいようですし、それに入学式の新入生代表のあいさつの時のライブも最高にカワイかったし！　……あれ？　おふたりともなぜ頭を抱えて身もだえしてるんですか？」

「お気になさらず。心逢も詩愛さんも、突発性の頭痛持ちでして。……ところで三人衆の覚えがめでたい、というのはどこソースの情報なので？」

「手毬坂新報の号外です！　ほら、手毬坂専用のアプリで配信されてるんですよ」

横沢翠がスマホを見せてくれた。

画面にはなるほど、見知ったレイアウトとフォントの学園新聞が映し出されている。内容を斜め読みすると、白雪シスターズが三人衆と連続して会談を持った由、センセーショナルな調子で報じられているようだ。相変わらず五道院京香は仕事が早い。ちなみにこのアプリの存在も詩愛と心逢は知らなかった。

「とにかくお二人には華があります！　やることなすことのすべてに！」

瞳を輝かせる翠。

「なので、白雪シスターズがスター街道まっしぐらなのは当然で必然のことかと！」

「うーん。まあそう言われればそうなのかもだけど。心逢ちゃんはどう思う？」

「そうですねえ。当たらずとも遠からずな気はしますけど、腑に落ちないことも多い気がするというか。心逢も詩愛さんも知らないことだらけですからね、なにせ」

「いえいえ、お二人に知らないことがあっても問題ないですよ。おかげでわたし、こうして白雪シスターズにあれこれ教えることができてるんですから。いやあ、拉致されて運がよかったです。お話もできて、お昼もご一緒できて。クラスの子たちに恨まれちゃったらどうしよう、って思いますけど、タナボタ的なこの幸運を手放す気にはなれないですね。上手くいけばこのまま、白雪シスターズの第一秘書とかマネージャーの枠に収まることも夢じゃないのでは？」

妙なことを言い出した。声のトーンがわりと本気に聞こえる。

「そっかそっか、うんうんいいんじゃない？　じゃあ自分の代わりに宿題なんかもやってもらおうかな、横沢さんに」

「えっ！　いいんですかやっても!?」

「いやごめん冗談のつもりで言いました。まあでも自分ら、そこまで勉強が得意なわけじゃないのは本当。特待生だけど」

「勉強なんていいじゃないですか。手毬坂はけっこう偏差値高いですけど、でも特別な理由があるから特待生なんですし。それにお二人は新入生代表にも選ばれてるでしょう？」

双子たちは首をかしげる。

特別あつかいされるのは気持ちいいし、実際ちょっとだけ自分たちは特別だという自惚れもあるのでそこはいいのだが、それにしても疑問は残る。そこまで勉強ができるわけでもない詩愛と心逢が特待生の資格を得て、狭き門であるはずの受験枠に収まることができて、その受験組は詩愛と心逢の二人だけで、これまた狭き門である学生寮にもすんなり入ることができた。さらには新入生代表にまで選ばれている。偶然と片付けるには無理があるのではないか。

音楽と小説の実績がものを言ったのか？　否、秘めたる才能はともかくとして、双子たちに実績などないに等しい。生まれは東京だったが、同好の士に恵まれない田舎の育ちだし、先日のコンテストと小説賞もお情けの金賞と入選だったし、賞品も握手とノートしかもらっていない。それらのささやかな実績ですら入学した後に成したものである。

「他に考えられる理由は……顔ぐらいかなあ？」

「そうですねえ……確かにビジュアルぐらいしかストロングポイントが思いつきませんよね……」

「？　何の話です？」

「いや。単に双子でボケてるだけ」

「話題を変えましょう。横沢さんに聞きますが、三人衆の――五道院先輩と、宝島先輩と、榊原先輩のポジションは特別なんだ、というようなことを言ってましたよね」

「はい、はい。言いました言いました」

「その三人だけが特に一目を置かれているんでしょうか？」

「いえいえもちろん、他にもすごい人はたくさんいますよ。二年生にも、一個上の三年生にも素敵な人はたくさんいますし。一年生だって、中等部の時から目立ってた子は何人もいます。それにとちのき祭実行委員とか風紀委員だって花形なわけですし。……ああでも、生徒会はその中でもやっぱり特別ってことになりますよね。だって生徒会ですから」

「ふーん。お相撲さんでいったら横綱みたいなもんか」

「詩愛さん。なぜそんな遠いジャンルでたとえるんですか。……とにかく生徒会は、目立つ生徒の中でもさらに目立つ立場だと」

「伝説になってる生徒会長もいる、みたいな話だったよね」

「あっ、わたしも知ってます！　十代前の生徒会長ですよね。伝説の目安箱を復活させたっていう。白雪シスターズが目安箱を蘇らせたのは胸熱な展開でした。時代の革命児ですよね、本当に。すでに生ける伝説ですよお二人とも」

「ちなみにあの目安箱、自分らが置いたんじゃないんだよね」

「えええええええっ⁉」

翠は良いリアクションを示した。

「白雪シスターズじゃなければ誰が⁉　あれを置いたっていうんですか⁉」

「まあそれを調べてるところではあるんだけど。今はそこ、本題じゃないかも」

「いえいえそこ、めちゃくちゃ本題じゃないですか。ああそっか、それでお二人は目安箱の謎を追いかけるために、こうして探偵活動をしているわけですか。それはそれで急展開というか、意外性があるというか……手毬坂新報の号外がまた楽しみになる……お二人は本当にスター性のある人たちですね。何をやっても絵になるというかどこへ行っても事件が起きるというか」

「目安箱ってそんなに有名なんだ」

「ええそれはもう！　手毬坂においては三国志や西遊記と同じようなランク付けで語られている、有名な伝説ですから。その当時の生徒会長の名前は、今でも手毬坂に轟いていますよ」

「自分ら、外部からの受験組なんで……」

「ローカルな常識には正直、疎いんですよね……」

「大丈夫です。お二人はもう手毬坂なんですから。しかも手毬坂の次の伝説になることが確定している人たちですから。どうせそのうち知っていくことになります」

双子たちは顔を見合わせた。お互いに微妙な表情をしている。

翠はなおも続ける。

「十年前の手毬坂って、ちょっとすさんでる雰囲気もあったらしいんですけど。その生徒会長が出てきて、目安箱を置いて、巷にはびこる様々な悪を一刀両断のもとに叩き斬っていった、と伝え聞いています」

「横沢さんは時代劇の話をしてるのかな？」

「この学校って基本、何かと噂話が独り歩きする傾向がありますよね」

「手毬坂の歴史でも三本の指に入る、そんな伝説を打ち立てて名を残した、今から数えて十代前、第七十七代の生徒会長――」

双子たちの突っ込みを聞き流した翠が、目を輝かせながら言った。

「その名は藤小路佳乃《ふじこうじよしの》さん！ 直接はお会いしたことないんですけど、ぜひ一度お話はしてみたいですよね！ 噂によると、先輩方の中にはその藤小路さんと今でも接点があってお世話になってる人もいる、という話なんですけど――ええと、お二人とも？」

翠が戸惑いの様子で首をかしげる。

「お二人とも、どうしてそんなにリアクションが良いんですか？ 机に突っ伏したり、椅子から転げ落ちそうになったり」

「ああいや、まあね。こっちの話なんだけど……」

突っ伏した机から身を起こしながら、詩愛。

「急に知ってる人の名前が出てきたものですから、つい」

転げ落ちそうになった椅子に座り直しながら、心逢。

「えっ、藤小路佳乃さんとお知り合いなんですか⁉　さすが白雪シスターズ、わたしたち一般生徒が予想もしないことをいつもやってくれます……ちなみに藤小路さんとはどのようなご関係で？　いつからのお知り合いなんですか？」

「まあまあ。いいじゃんそのあたりは。ねえ心逢ちゃん？」

「ええそうですね。白雪シスターズには秘密がある、ということで」

「えええそんなあ！　こうして拉致・監禁までされて、せっかくお二人とお話してるのに……友達とお昼食べる約束もすっぽかしてるのに……」

「まあまあ。たまごサンド、食べる？」

「ハムサンドもありますよ」

「わ！　白雪シスターズのサンドイッチ！　いただきます！」

翠はあっさり買収されてくれた。

前後して予鈴が鳴る。昼休みの終わりが近づいている。

「うーんそろそろタイムアップか。でもま、必要なことはけっこう聞けたよね」

「ありがとうございます横沢翠さん。おかげさまで色々なことがわかりました」

「いえいえ、お役に立てたなら光栄です。次はできれば、もう少し普通にお話できると嬉しいなと思います」

「そこはまあ、うん。ほんとすんません」

「白雪シスターズのお茶目だと受け取っていただければ」

「あっ、それとよろしければＬＩＮＥの交換などお願いできませんか⁉　できれば握手と写真も一緒に！　……あっ、それともうひとつ大事なことが！」

急にバタバタし始めた翠が、ふと思い出したように、

「白雪シスターズのお二人は、白雪静流さんと白雪美鶴さんってご存じですか？　さっき言った歴代の生徒会長の中でも、特にすごかった人たちらしいんです。でももう二十年も前の話ですし、それこそ噂話ぐらいしか伝わってこなくて。白雪ってめずらしい苗字ですし、普通に考えたらお二人と関係ある人たちですよね？　……あれ？　これってあんまりいい質問じゃなかったですか？　聞いてはいけない話？」

双子たちの反応を見た翠が、テンションを引っ込めた。

怒っているわけでもない。

傷ついている、というのも少し違う。

悲しんでいるかと言われれば、正鵠を射ていると言えそうにない。

微妙な顔だった。ひとことで言えば歯切れの悪い雰囲気。

聞かれて楽しい質問、でなかったのは確かだろう。双子たちが浮かべたのは苦笑い。目を泳がせている。背中を丸めるようにしてほっぺたを掻いている。意気軒昂を絵に描いた

ようなコンビには、似つかわしくない反応。思いがけずいたずらが見つかってしまった――そんな様子に見えなくもない。

「んー。これ内緒だよ？」

詩愛が声を小さくした。

「ていうか今日ここで話したことも内緒にしてもらえないかな？　その方が面倒くさくなさそうだし」

「えっ。でもうーんそれは……できれば友達に今日のことは自慢したいなと……」

「たまごサンド、おかわりする？」

「ハムサンドも残っていますよ？」

美少女双子姉妹探偵アーティストたちから口々にそう言われては、断るのはむずかしかった。白雪シスターズから秘密の話を聞いてその内容を秘密にする。翠にとってはむしろ心躍る条件かもしれなかった。秘め事はいつだって女子の鼓膜に心地よく響くものだ。

ただし翠は秘め事の中身を聞いて、それを聞き出すのが正しかったのか否か、後々まで自問自答し続けることになる。

「白雪静流、白雪美鶴――うん、お母さんだよ自分らの。この学校に通ってたんだ二人とも。二十年前にね。自分らも最近知ったことなんだけどさ」

なるほど、と翠は得心した。

そういうことであればいろいろ説明がつくと彼女は思った。なおかつこれはものすごいレアケースに違いなかった。聞くところによれば白雪静流と白雪美鶴も双子の姉妹であったという。二十年後の現在、同じ白雪の苗字をもつ双子が目の前にいて、入学直後からずっと手毬坂で注目の的になっている。こんな素敵な偶然を手毬坂の生徒たちが見過ごすはずもない。

同時に何か引っかかった。白雪詩愛の発言には微妙な矛盾がある。

その矛盾は白雪心逢が解消してくれた。半分だけ。

「心逢たち、お母さんが二人いるんですよ。両方とも死んじゃいましたけどね」

†

「……いやー！　そーゆーことかー！」

その日の夜、叢風館。

白雪シスターズに割り当てられた部屋にて。

いくつかの調べものを終えた詩愛は、ソファーにもたれかかって天を仰いだ。

テーブルの上には、五道院京香から借りた学園新聞のバックナンバーが山積み。同じく宝島薫子から提供してもらった生徒会の資料に加え、手毬坂に関する冊子も散乱し、受験前夜の一夜漬け現場みたいな様相を呈している。

スイッチの入った双子たちの行動は早く、それでいて深い。きっかけを得てしまえば、相応のヒントさえ手に入れてしまえば、たちどころに結果を手繰り寄せてしまう。

「知らなかっただけだねホントに。振り回されたなー、いいように」

りんごジュースで喉を潤しながら詩愛はボヤく。

「謎なんてなかったっていうかさ。探偵の仕事じゃなくて警察の仕事だよね、こういうのって。調べて探し当てるだけ。ていうか知る必要すらない話なんだろうね。自分らの立場が知らないようにさせてただけで」

「そんなものですよ、トリックなんていうものは」

心逢がため息をつく。

彼女の眉間に刻まれている皺は姉のそれより深い。

「トリックだと思い込んでいただけ、謎だと思い込んでいただけ、なんてこと、ミステリの業界じゃよくあることです。いわゆる心理的な罠、ミスリードですね」

両者沈黙。

防音が効いた部屋は、息をひそめるとまるで世界から切り離されたかのような錯覚に陥る。消灯時間も近く、ほとんどの寮生は自分の部屋に引っ込んでいる。乙女の花園に用意された巣穴で、双子たちは考えを整理する。

「誰が悪いのかはまあ、だいたい目星がついたとして」

「ええ。ついていますね」

「いくつか確認しときたいことがあるね。ねえ気づいた心逢ちゃん？」

「何がですか」

「この学校の人たちってさー。この学校のことを【手毬坂】って呼ぶんだよ」

「ある意味当たり前のことでは？　ここは私立手毬坂女子学園なんですから」

「そういうことが言いたいんじゃない、ってことは心逢ちゃんもわかってるよね？」

「ええ。この学校に入学してからまだ一ヶ月とちょっとしか経ってない心逢たちには縁のない話ですが——いえ、そうじゃないですね。薄々わかってたんだと思いますよ、自分たちの立場が。親しみを込めて、そして概ね無意識のうちに、この学校にいる人たちはこの場所をホームグラウンドとして、我が家として認識している。心逢たちが今年は二人しかいない外部入学の生徒だということを差し引いても、それは心逢たちにはない感覚です」

「よそ者なんだよね。コネで入学してるのにさ」

「心逢たちが勝手に自分でよそ者になってるんでしょうけどね。周りの人たちはこれ以上ないくらい優しくて、心逢たちを歓迎してくれてるんですから。ただし客寄せのパンダとして、ですが」

「悪気はないと思うけどね。それにもうちょっと人間あつかいはされてると思う」

「アイドルとパンダには大した差がないんですよ詩愛さん。まあでも、それもいわば宿命のようなものかとは思いますが。心逢たちは可愛いですから」

「まあね。結局のところ、自分らが可愛すぎるがゆえに起きた哀しき事件だった、ってわけだ……」

「ところで詩愛さん。コネでの入学、というのは確定だと思います？」

「確定だろーね、状況的に。外部入学が自分ら二人しかいないこと。お母さんたちがこの学校じゃレジェンドな人たちらしいこと。特待生になるほど勉強できるわけでもないこと。音楽にしろ小説にしろ、入学が内定する前に何の実績もなかったこと――」

「縁もゆかりもなく入学できた、というわけでないのは明らかですか。ちなみにあれ以降は――六通の投書が目安箱に入れられてからは、新しいお手紙は届いていません」

「証拠はもう、真面目に集めても仕方ないかな」

「ええ、物証は必要ないでしょう。犯人は逃げも隠れもしないでしょうからね。むしろ早く名乗り出たくて仕方ないのでは」

「じゃあ、やっちゃう？」

「ええやりましょう。なるべく外連味《けれんみ》たっぷりに。きっと期待されてるでしょうし、乗ってもくれるはず。この学校の関係者はどうやらみなさんそういう人たちのようですからね。せっかくお膳立てされてるなら、据え膳食わぬはなんとやらです」

方針は決まった。

けだるい空気が流れる。

詩愛も心逢もりんごジュースのグラスに口をつけ、ここではないどこかを見つめている。沈思黙考。

この時にはもう、二人の心は決まっていた。

「ねえ心逢ちゃん。相談したいことがあるんだけど」

「奇遇ですね。こっちも詩愛さんに相談したいことがありまして」

私立手毬坂女子学園公式サイトより抜粋

●理事の紹介

理事長　鈴村和子

副理事長　庄島由美子

副理事長　岩見裕子

理事　菅原真由美

理事　中野上典子

理事　粟田口明美

理事　津原陽子

理事（理事長代理）　藤小路佳乃

「ええっ⁉　本当なんですの⁉」

「犯人がわかったって、ガチで⁉」

「一体どうやって見つけたのかしら⁉」


打てば響く、を地でいく反応だった。

五道院京香。

宝島薫子。

榊原亜希。

私立手毬坂女子学園高等部の中庭。

葉桜に囲まれて立つ東屋に集められた三人衆は、一様に目を丸くし、ベンチから腰を浮かせている。

放課後。まだ授業が終わったばかり。部活動におしゃべりに下校に、それぞれ励む生徒たちが往来している。当然、東屋も人目にさらされる。実際に現在進行形で視線を集めている。噂の白雪シスターズに二年生の手毬坂三人衆。ただでさえ目を引くメンツが東屋に集結しているのだ。遠巻きに足を止め、何事が始まるのかと好奇心に目を輝かせている生徒が見る見るうちに増えていくのは必然だった。

もちろん双子たちもそれは承知している。

というより、ほどよく目を引く舞台を整えたのはあえてのことだった。先輩三人の大根知っている。

芝居も計算の範囲内。この学校がそういうノリを愛する校風であることを双子たちはもう

「その前に」

はやる三人衆を白雪詩愛が手で制して、

「五道院先輩と宝島先輩と榊原先輩にお願いがあるんすけど」

「お願い……？」

三人衆が異口同音に訊き返す。

「何があってもこれから先、白雪詩愛と白雪心逢を支えてもらいたいんす。自分らがこの先どんなことを考えてどんな行動をしても、それを支持して力になってもらいたい。このお願い、聞いてもらえるっすかね？」

三人衆が顔を見合わせる。

今日この場所に自分たちが集められたのは【目安箱事件】の解決編をブチ上げるためだと三人は理解している。でなければ、学園中の耳目が集まるこんなステージをわざわざ選んだりしない。それは同時に、双子が正しく答えにたどり着き、手毬坂のノリも理解していることを示している。

ゆえに〝お願い〟の真意を測りかねた。解決編の導入部として最適とは思えないし、そもそも〝お願い〟の内容が広く深すぎる。金額の記載されていない小切手にサインしてくれと言っているようなものではないか。

「ええよろしくってよ」

「おっけー。いいよー」

「双子ちゃんのお願いなら喜んで」

それでもほとんど迷うことなく、京香も薫子も亜希も請け合った。白雪シスターズにはある意味で借りがある。ついでに貸しも作っておきたかった。もっと言うならそもそも貸し借り関係なく、双子たちに肩入れしたい理由がいくつもあった。

「あざまーす。先輩たちにはホント感謝っす。これ、ガチの本心っすよ？」

屈託のない様子で詩愛は笑う。

「じゃ、それ前提で本題に入っていくっすね。……あ、それとお菓子と飲み物用意してきたんで。飲み食いしながら和気あいあいと話していきましょ。ちなみにおすすめはりんごジュースでーす」

「今回の事件は複雑なシチュエーションから始まりました」

ポッキーとじゃがりこの封を開けながら、心逢が後を継ぐ。

「心逢も詩愛さんもまだこの学校に入ったばかり。しかも外部からの受験組で、おまけに入学式と前後してやたら注目を浴びる立場になってしまったために、情報的に偏りがある状態で事件に取り組まなければならなかった。今にして思えばそこからボタンの掛け違いが始まったわけです。……あ、ちなみにこんな感じでミステリの解決編をリアルでやるの、ちょっと憧れていましたので。関係者のみなさんには感謝しています」

ファンサ成分たっぷりな心逢の微笑に、三人衆はほっこりした顔をする。

「何の前触れもなく心逢たちの部屋の前に置かれていた目安箱。中に入っていたのは三通のファンレターと、三通の要望書。ファンレターの内容は、いずれも心逢と詩愛さんをほめちぎるもの。要望書の内容は、新聞部部長の五道院先輩、生徒会長の宝島先輩、寮長の榊原先輩をそれぞれ調べてほしい、というものでした」

心逢が事件のあらましを整理していく。

東屋には大理石の円卓が設えられていて、ポッキーにじゃがりこにルマンドなどが並んでいる。「どぞどぞ、遠慮なく～」詩愛が紙コップにりんごジュースを注いで回る。扇状に座っている三人衆は、本当に遠慮なくお菓子のパッケージを開けていく。

この場にいる五人の姿には、事件の謎が明かされようとしていることへの緊張感はない。放課後のちょっとした茶話会、ぐらいの温度感。

「要望書の求めに応えるため、それと目安箱を置いた犯人を探るため、心逢と詩愛さんは三人衆のみなさんから話を聞きました。その中でお三方は、自分以外の二人が犯人である可能性が高いと指摘し、それらの指摘には十分な根拠がありそうに思われましたが、同時に決定的な証拠もなさそうに見えました。かといって三人衆ではない他の誰かが犯人であるとする根拠も乏しい。このままだと事件は迷宮入りしてしまう恐れがありましたが――少ないながらも心逢たちは、いくつかのヒントを手にすることができました」

ギャラリーが増え始めている。

制服姿の生徒、体操服姿の生徒、袴姿の弓道部員、ラケットを抱えたスコート姿のテニス部員、スーツ姿の教員まで交じっているのが見える。ただし皆、東屋を遠巻きにしている。規制線が張られてるわけでもなく、警備員が入場制限をしているわけでもないが、東屋の半径二十メートル以内には誰も入り込もうとしない。双子たちが探偵をする中で何度も触れてきた【手毬坂の空気】なるものが、ある種のオートメーション化された治安を形作っているのかもしれなかった。

「ここでちょっと紹介させてくださーい」

白雪シスターズはお調子者であり、サービス精神も旺盛である。

詩愛が立ち上がって周囲を見回し、声を張った。

「この学校のことをあまりよく知らない自分らですがぁ、頼れる証言者を〝偶然の出会い〟によって確保することができましたぁ」

司会者のように腕を上げ、手のひらを差し伸ばす詩愛。

彼女が指し示した方向に数十人の視線が集まる。

東屋を囲む人の輪の、さらに外周の、もう一段隅っこの方に。目を丸くしている地味めな生徒の姿がある。

「一年生、横沢翠さんでぇす。みなさん彼女に拍手～」

わあっ、と。

熱烈とまではいかないまでも十分に温かい拍手が、ほとんど間を置かずに巻き起こる。

完全に不意打ちを食らった体《てい》の横沢翠が、硬直しながら顔を真っ赤にする。

「真っ先に気になったのは動機でした」

拍手がわずかに途切れた合間を縫って、心逢がふたたび語り始める。

「何の目的で目安箱は置かれたのか？　心逢も詩愛さんも、この学校において目安箱がどんな意味を持つのかを知らなかった。そんな新入生の部屋の前に、なぜ？　三人衆のみなさんは、それぞれにお互いを容疑者として指名し、それぞれに動機があると説明してくださいましたが――そしていずれの動機も一定の説得力は持ち得ていましたが。決定打には欠けるように思われました」

拍手を止めたギャラリーも、ゲストたる三人衆も、みな心逢に視線を向けている。

演説する心逢はひどく目立つ。

舞台俳優のように発声しているわけでもない、マイクを通しているわけでもないからそもそも聞き取りづらい。屋内でもないからあらゆる雑音が全方向から茶々を入れてくる。すぐそばに座っている三人衆はさておき、二十メートルも離れた聴衆には、心逢が何を語っているのか半分も理解できない。

それでもなお、今も少しずつ増え続けている手毬坂の関係者たちが、心逢の言葉を、一挙手一投足を、興味深げに見守っている。

「動機も気になりましたが、他にも気になることがありました。動機の提示のされ方そのものです。三人の容疑者にそれぞれ動機らしきものが――いかにもありそうに思える動機が、同じくらいの温度感で提示されている。おかしいと思いませんか？　偶然の一致、と片付けてしまうにはあまりにも整いすぎている。たとえるなら、まるでよくできたテストの問題文みたいに問いが提示され、ヒントが出され、適度に間違ったルートに誘導しつつも、最後にはきちんと正解にたどり着けるように設計されているみたいな――」

ギャラリーに共通するのは期待のまなざし。

近ごろ噂の双子たちが、手毬坂のエース格である新聞部部長や生徒会長や寮長たちと、いったい何を始めようとしているのか。自分たちの目で見聞きし、確かめようとしている。ただの観客や野次馬や傍観者ではなく、積極的に見届け人たろうとしている。

詩愛も心逢も〝自説〟への確信を深める。

この空気感こそが――私立手毬坂女子学園における【白雪シスターズ】と【それ以外】を隔てている見えない壁だ。触れられもせず、音もニオイもしない、透明でひどく薄い、だけど決定的で絶対的な差を生んでいる境目だ。詩愛と心逢から単純な事実をステルスしてきた、質量はないくせにひどく重いくびきだ。

「ヘンだなー、とは思ってたんすよ」

テーブルに肘をつき、ポッキーをかじりながら詩愛が指摘する。

「いろんなことがヘンだったんすけど、第一に目安箱の要望書。それといっしょに入れられてたファンレター。普通に考えたらおかしいですもん。三通のファンレターに三通の要望書、それも一晩のうちに目安箱に入ってた。ぜんぶ匿名だったんで、誰が書いたものなのかはわからなかったけど……偶然の一致だ、って判断するのは、さすがに頭お花畑すぎるっすよね」
詩愛が目を細める。
見ている先は同席している三人衆だ。
「ていうか隠す気なかったよね先輩たち？　わざわざ手書きで書いてたっすもんね。当た
り前だけどちょっと調べたらわかるっすよ。三人とも特徴的な筆跡だったし。特に必要な
かったから、最初はいちいち調べたりしなかったけど」
「なんのことかしら」
右手を頬に当てて首を傾げたのは五道院京香だ。
「詩愛さんのおっしゃりようだと、まるでわたくしと宝島さんと榊原さんの三人が、白雪
シスターズのお二人にファンレターを書き、要望書もそれぞれに書いて目安箱に投函した
と。そう指摘なさっているように聞こえるのですが？」
「まさにそう言ってるっすよ。……ていうか五道院先輩、そういうのはナシにしません？
バレバレな犯人の悪あがきって、それ系のジャンルじゃ悪手でしょ？」
「まあひどい！」
両手で頬を押さえる芝居がかった仕草をしながら、詩愛を非難する京香。
「わたくしを犯人あつかいするだなんてとんだ言いがかりだわ！　こうなったら徹底抗戦
も辞さない構えでしてよ？　弁護士をつけて、署名を集めて、最後の最後まで戦うことも

万に一つぐらいはあり得なくもありません。……あ、ちなみに取り調べの時の差し入れにはカツ丼を頼んでくださるんですわよね？」

「先輩楽しそうっすね」

「あら。わかってしまう？」

にじみ出るにやけ顔。

「だってせっかくの解決編ですもの。それらしく振る舞わなければ損というものです。心逢さんも仰ってましたけど、こんな機会はめったにありませんものね。ちなみにわたくしもこんな風にミステリ小説の解決編ごっこをすることに、ちょっとあこがれていましたわ」

「うちもー」

「あたしもー」

薫子と亜希が同意して、一瞬ゆるゆるな空気になる。

すぐに詩愛が手綱を引き締める。

「まあ要望書とファンレターの出所に関しては自白してるも同然だけど、もうちょい状況証拠を説明するっすね。ひとつには【用意が良すぎる】ってこと。何者かが目安箱を設置してから、自分らが目安箱の中に要望書とファンレターが入ってることに気づくまで、たったの一晩しかかからなかった。いくら変わった空気をしてるこの学校だって、いきなり置かれた目安箱に――それも【学生寮の中にある白雪シスターズの部屋の前に置かれた目安箱】に、自分から先陣切ってアクション起こす人はあんまりいないと思うんすよ。とにかく時間が短すぎる。目安箱が置かれることをあらかじめ知っていた人が投書をした、って考えた方が自然に思えるんすよね」

うんうんと頷いているのは心逢だ。

目を閉じて腕を組むポーズは、さながら小うるさいミステリ評論家のようだ。

「それとファンレターの内容。ファンレター書いた人、自分のライブ観てくれたらしいんすよね、4月29日の道玄坂ギターコンテストを。それと同じ日にやってたセンター街短編小説賞——心逢ちゃんが書いた小説が入選したやつ。あれもわざわざネットの隅っこに上がってる作品を、ファンレター書いた人は読んでくれてたっぽくて。なんていうか、ガチなファンって気がしたんすね。自分らってまだ入学したばかりの新入生じゃないすか？入学式でライブやってけっこう目立ってたし、そこそこ人気者だった自覚はあるんすけど、でもそれにしたって、って気がしません？実際、自分と心逢ちゃんが本格的にチヤホヤされ出したのって、コンテストの結果が学園新聞の号外でいろんな人たちに知られるようになってから、ってイメージだったし。となるとファンレターを書いた人は、にわかのファンじゃなくて【コアな初期組のファン】じゃないか、って推測が成り立つんすよね。

……えーと、そういうことで合ってるよね心逢ちゃん？」

「付け加えるなら」

解説に疲れてきた様子の姉から目配せされて、心逢があとを引き継ぐ。

「詩愛さんが指摘した【コアな初期組のファン】についてですが。入学式でライブをやって以降、4月29日にギターコンテストが開催され、小説賞の受賞者が発表されるまで、白雪シスターズに目立った動きはありませんでした。つまりそのあいだ、入学式のライブを見て【初期組】になった人たちの気分を盛り上げるほどの活躍を、心逢たちは何もしていなかったわけです。……まあ例外として、学生寮で軽く人助けしたぐらいですか……それにもかかわらず、ファンレターの内容は4月29日のマイナーな受賞について触れていた。心逢たちが本格的にチヤホヤされ始めたのは、受賞結果がこの学校で知れ渡ってからの話。そしてファンレターを書いたであろう三人は、もう候補者が絞られている……」

「いつの間にか自分らが【探偵】ってことにされてた件も見逃せないっすね」

りんごジュースで一息ついた詩愛が割り込む。

「アオられてるなー、って感じはしたんすよ。ちっちゃいことを大きくしようっていう企み？　みたいなの。自分らお調子者ではあるし、お神輿に乗せられたら担がれちゃうところはあるんすけど。それだけじゃ説明できない感じで〝天才美少女双子探偵アーティスト〟のイメージが作られていった感じ、あるんすよね。おかげさまでめっちゃ人気者にはなれたけど」

「ものすごーく謎の形で、ですけどね」

心逢がこくりと頷き、あとを続ける。

「マイナーなギターコンテストの会場にわざわざ足を運んで、マイナーな小説賞の入選作の内容も知っているほどのコアな初期組のファン。そして白雪シスターズの活躍を針小棒大に喧伝した人。三人衆の中でこれらの条件に当てはまりそうな人といえば――」

「五道院だ！」

「五道院ちゃんね！」

すかさず呼応したのは宝島薫子と榊原亜希だ。

「うち、最初から怪しいと思ってたんよなー。五道院ってそーゆーとこあるし」

「あたしも怪しいと思ってたのよね。五道院ちゃんってお嬢さまキャラなのをいいことにぜんぜん言うこと聞いてくれないし」

「お嬢さまキャラで物腰は柔らかいんだけどさー、めちゃくちゃ自分勝手でやりたい放題やるタイプなんよ」

「手毬坂新報が近ごろ人気出てきたから、好き勝手に情報操作してるイメージもあるわよね。お嬢さまキャラだから目立たないようにしているけれども」

「お嬢さまキャラなら何でも許されると思ってる的な？」

「あたしもお母さんキャラやめて、お嬢さまキャラに乗り換えようかしら。便利よねお嬢さまって」

「言いがかりですわっ！」

勢い良く立ち上がる京香。

「証拠とも呼べない単なる状況ひとつを理由にわたくしが目安箱を置いた犯人だと決めつ

けるのは論理の飛躍ではありませんこと？　……ちなみにこの場にお集まりのみなさまへのお知らせですが、新聞部の人手が足りていないのは事実です。新聞部では現在新入部員を絶賛募集中ですので、少しでも興味を持った方は遠慮なく連絡をくださいましね？　お問い合わせ先は手毬坂新報の最新号に」

「ちゃっかり宣伝してくヤツぅ。そーゆーとこだぞ五道院」

「こういう人って、策略とか謀略とかが大好きなのが王道パターンよね。やっぱり怪しいんじゃないかしら」

　三人衆がわちゃわちゃやり合い始めた。

　心逢が白い目で見る。

「勝手に遊び始めないでください先輩たち。というか先輩たちのノリが良すぎて勝手に遊び始めたから今こうして解決編をやる羽目になってるんですよ心逢たちは。……話を本筋に戻しますが、三人衆の誰かが目安箱を置いた犯人だなんて言ってません。心逢の見立てによれば、お三方の動機はだいたい似たようなものです。たまたまメディアを抱えている五道院先輩がいちばん大きく事件に関わっていたのは確かでしょうけど……たとえばですが、心逢と詩愛さんの二人にやらせたい役目がみなさんそれぞれにありましたよね？　五道院先輩は人手が足りない新聞部員に、宝島先輩は学園祭の盛り上げ役に、榊原先輩は学生寮の次の寮長に――あからさまに心逢たちは勧誘されました。でもそれらはあくまでも小さな目的で、実際にはもっと大きい目的があったはずです。そしてこれまで話してきた状況、あらゆる出来事が、ひとつの方向を指し示しています」

くちびるを引き結び、四方に目を走らせる心逢。

視線が撫でる先は三人衆であり、輪になって東屋を囲むギャラリーたちである。

呼吸のはかり方と間の取り方は天性のものだ。経験がなくても、訓練をしたわけでなくても、人目を集めることに慣れている双子たちは苦もなく場を掌握することができる。まして この場にいる人々は白雪シスターズを目当てに集まっているのだ。

「三人衆のみなさんの中に主犯の人はいない、と確信を持つことになったきっかけがあります。お三方とも心当たりはありませんか？　心逢と詩愛さんがお一人ずつから事情聴取をした時のことです。実はわざとやっていた行動があるのですが」

「わざとやっていた？　……どうかしら、思い当たりませんわね。宝島さんは？」

「うちもなーんもなし。何かやってたっけ双子ちゃんたちって。榊原は？」

「あたしにもわからないわねえ。詩愛ちゃんも心逢ちゃんもひたすら可愛かったことしか覚えてないわ」

「そーゆーとこっすよ先輩がた。自分らが『なんかヘンだな』って思ったのは」

チョコのポッキーを指揮棒のように振りながら、詩愛。

「気を許しすぎなんすよ三人とも。ぽっと出の新入生でしかない自分らに対して甘すぎる。実は自分らですね、先輩たちと話す時にわざと失礼な言い方をした場面があったんですけど。まさか覚えてないってことはないっすよね？」

「覚えてませんわ」

「うちもー」

「あたしもね」

「だからそういうとこなんですって。失礼を失礼だと思ってないところなんすよ、まさに自分と心逢ちゃんがおかしいなと思ったのは」

詩愛はあきれ顔。

「失礼なこと聞いてたのはわざとだし、ちゃんとその場面はみなさんそれぞれ思い出しといてくださいよ？　んで結論から言うと、自分らひいきされすぎてるんすよ。猫かわいがりが極端すぎるっていうか」

「そこでさっきの話に戻るんです」

心逢がさらに続けて、

「コアな初期組のファンの方々がどのくらい早い段階でファンになってくれたのか、という問題について。三人衆のみなさんが元から心逢たちのことを知っていたと考えればすんなりと納得がいくんです。入学する前から知ってたなら、もっと言うとそもそもひいきするだけの理由があったなら、お三方の言動のほとんどに説明がつきます。今となっては知っていることですが、外部からの受験組が今年は心逢と詩愛さんだけだった、というのもポイントだったんですね。それに加えて期待の星である双子の新入生が【目安箱を最初に始めた伝説の生徒会長】の娘だったら——」

知らないって本当に怖いですよね。

心逢が漏らした小さな呟きは、同じ東屋の下にいる三人衆にも届かない。

「で、目安箱を置いたのは誰かって話」

詩愛が話をまとめにかかる。

「これは前情報とかなくてもある程度は推測がつくんじゃないかな。三人衆のみなさんがわざわざファンレターと要望書を目安箱に入れて、なおかつ容疑者として自分以外の二人をほのめかしたこと――目的はいろいろあったんでしょうけど、狙いはひとつ。情報を引っかき回して真犯人を隠そうとした。なぜ隠そうとしたか？　それは真犯人が、三人衆にとって目上の人であり、普段からお世話になっているような人で、三人衆に頼みごとをできる立場の人だったから。いやホント、知識は力なり、っすよね。知ってれば最初から何てことはなかった。でも自分らが知らなかったから、知らないままのシチュエーションに足を突っ込んじゃったから、それで謎があるように見えちゃってたんすよね。簡単に言うとこれ、ただのおせっかいなんすよ。過保護なガイダンスでオリエンテーションでチュートリアル。しかも過保護なくせに遠まわしで、回りくどくて、欲張ってエンタメにもしちゃおうっていう……ま、自分らにも責任がないわけじゃないんで。一方的に誰かが悪い、みたいなことは言うつもりないんすけど」

「詩愛さんの言うとおり、真犯人にも同情の余地はあります」

心逢が同調する。

「白雪シスターズはお調子者ですが、頑固で意地っ張りでもありますからね。平凡なアプローチをしたところで耳を貸さない、と思われたんでしょう。三人衆のみなさんは事件の脇役であって、主犯でもなければ舞台の監督でもありません。こんな手の込んだやり方で、なおかつ心逢たちには悟られないよう、裏から手を回す形で目安箱事件を起こした人物は――しかもこの学校の事情をよく知り、現役の在校生と面識がありそうで、なおかつ心逢たちの性格まで理解している人物となると――心当たりはひとりしか思いつきません」

「はい。わたしですね」

その声は遠くから小さく聞こえて、しかし固唾をのんで成り行きを見守っていたギャラリーの間でひどくハッキリと響いた。

笑顔で小さく手を振りながら、まるで自分の庭を歩むかのような足取りで東屋に向かって歩いてくるのは、私立手毬坂女子学園理事長代理にして伝説の七十七代生徒会長。

〝マネさん〟こと藤小路佳乃その人だった。

†

舞台をさばく藤小路佳乃の手腕は、双子たちのそれをさらに上回っていた。

「理事長代理⁉」「元生徒会長の⁉」

解決編の新たな登場人物として現れた藤小路佳乃に生徒たちが黄色い声まじりのざわめきを上げる中、当の本人はさわやかな笑顔で「みなさん今日はこのあたりで。はい解散、解散」と言ってのけたのである。あまつさえ「今回の顛末は手毬坂新報の最新号にて詳細をお伝えしますので。どうぞお楽しみに」とまで宣言したのだから、その面の皮の厚さに詩愛も心逢も呆れたものだ。

そして呆れるといえば、突然話を振られたであろう五道院京香がすかさず「藤小路理事の仰ったとおり、我が新聞部では本日の件について近々大特集を組む予定でおりますわ。待て次号！」と追従し、

「はーいみんなお終いお終い。クラブ活動ある人はそっち行ってねー。サボんなよー」

宝島薫子がライブ終わりの会場スタッフみたいな役を買って出て、

「みなさん順番に、あわててケガしないように移動して。予定がない人は早くおうちに帰ってね。道草すると怒るわよぉ」

榊原亜希も中庭から生徒たちを誘導し始める。

ブルドーザーのように荒れ地を平らにしながら同時にアスファルトで舗装する、詩愛と心逢がよく知る敏腕マネージャーの姿がまさしくそこにあった。そして藤小路佳乃とずぶずぶの関係であるらしい後輩在校生の三人衆もまた、大先輩と同じ素養を持っているに違いなかった。

そして今現在。

手毬坂からそう遠くない場所のとある喫茶店にて。此度の茶番のそもそものきっかけとなった三人――詩愛、心逢、マネさんが、膝を突き合わせて座っている。

「てゆーか何してんすかマネさぁん！」

詩愛がさっそく食って掛かった。

「なーに黒幕みたいなことやってんすか、ほんとにもう。自分らいいように踊らされまくっちゃったじゃないすか」

「あーもうしゃべり疲れました」

心逢はテーブルに突っ伏して虚脱している。

「探偵の人たちってすごいですね。あんな役回りを飽きもせず繰り返してるんですか毎度毎度。台本も原稿もなしであれだけしゃべりを回せる女子高生なんて、そうはいませんからね？　心逢たちはできますけど」

「お二人ともお疲れ様でした」

マネさんこと藤小路佳乃はクールかつご満悦、そして上機嫌である。

「少しでも楽しんでもらえたのなら何よりです。手毬坂のことを理解して、手毬坂の生徒たちと交流を深められたのなら、もっといいのですが」

「つまり目的はそれっすか？」

「はい」

「なんて余計なお世話！」

「すみません」

　双子たちに謝りつつもマネさんに悪びれた様子はない。

　暖簾に腕押し、であることは詩愛も心逢もわかっている。マネさんがあくまで親切心の発露として今回の〝犯行〟に至ったことも。

「……ま、いっすよ。さっきも言ったけど自分らにも責任がないわけじゃないんで」

「『今日の放課後に解決編をやるので、心当たりのある方はちゃんと尻拭いをしに来てください。タイミングはお任せします』――とマネさんに連絡したのはこちらですしね」

　メニューを手に取りながら、詩愛と心逢は口々にボヤく。

「きっちり注文に応えて、ちゃんとオイシイとこ持ってったもんね」

「事後処理の仕方も見事でした。集まったみなさんも本当にお利口さんで。マネさんがあの学校でどういう立場にあるのか、千の言葉を用いるより雄弁に伝わってきましたよ」

「マネさん女優の才能あるっす」

「もしくは扇動政治家ですかね。新興宗教の教祖とかにも向いてるかも」

「いえいえそこまでは」

　嫌味なく謙遜しながら、マネさんは店員を呼ぶ。

「お二人の方こそ見事でしたよ。こちらが用意した舞台に堂々と上がってくれて、なおかつあれだけの騒ぎにもしてくれて――今回のことをきっかけに、行き過ぎたおかしな空気を多少なりとも修正できたのなら、小細工を弄した甲斐もあるのですが。あ、お二人とも注文をどうぞ」

「パンケーキをダブルで。アイスクリームものせて。あとりんごジュースも」

「詩愛さんと同じものをもうひとつお願いします。それと探偵役にはちょっと疲れましたので、あとは犯人の目線から饒舌に語ってもらえませんか？　こちらが聞いてないことまで洗いざらい白状してもらえると、さらに助かります」

「承知しました。……お二人の目立ち方が想像を超えていた。事の発端はその一点に尽きます」

老舗風で純喫茶風な店内に流れるＢＧＭはルイ・アームストロング。

客入りは混みすぎず、空きすぎず。照明を絞ったフロアの雰囲気とあいまって、目立つ双子女子高生と有能秘書然とした美人の組み合わせもさほど浮かない。

「お察しかと思いますが、三人の後輩に——五道院京香さん、宝島薫子さん、榊原亜希さんにお二人のことを伝えたのはわたしです。十年も前に手毬坂を卒業したわたしですが、うれしいことにあの三人はわたしを慕ってくれています。頼りになる後輩たちですし、彼女たちに今年の新入生となるお二人を託したいという気持ちがありました。……ただ結果として、このことがボタンの掛け違いになってしまいましたね。でも正直、ここまでの流れは当然で自然なものだったと我ながら思いますよ？　お二人のプロフィールは秘匿するべきものじゃありませんし、どうせ人の口に戸は立てられません。わたし以外の理事だってお二人の素性は知っています。仮に緘口令を敷いたとしてもいずれ誰かが気づいて、今回と同じようなシチュエーションになっていた可能性は十分にありました。それだけのネームバリューがありましたからね、【白雪静流】と【白雪美鶴】の名前には」

「それはまあ、今にしてみると確かにわかるんすけどね。にしてもねえ、心逢ちゃん？」

「ですよね詩愛さん。最初から知っていればもうちょっとこう——みたいな気持ちにはなりますよね。マネさんが十年前まで手毬坂女子学園の生徒だったことも、今では理事をやってることも知らなくて……なんでもできる人だしいろんな顔を持ってることは知っていましたが……それにしてもまさか、ですよねえ？」

「ホントそれ。それにうちのお母さんたちが、二十年前にどんな女子高生をやってたのかも知らなかったっすもん。そりゃあの人たちのことなんで、何をやってたとしてもおかしくない、とは思うっすけど」

「そのあたりは、はい。少し迷いはしたんですが、黙っておきました。お二人が自然な形で知った方が良いと思いましたし、余計なノイズを差し挟むのも不本意でしたから。そもそもお二人は、お母さま方を何かしらの形で超えることを目標に定めていましたよね？　手毬坂を進学先に選んだのも、お母さま方をより良く知り、お母さま方が三年間を過ごした手毬坂という場所により深く触れるためだったはず。であるからには、なるべく余計なことは言いたくなかった、というわたしの判断はご理解いただけるかと。表立って何かと世話を焼けば、それはそれでお二人がへそを曲げる原因になりそうですし」

マネさんこと藤小路佳乃は、長年にわたって白雪静流と白雪美鶴に関わってきた人材だ。〝白雪シスターズ〟の扱い方は誰よりも心得ている。彼女が説明した行動心理は完全に的を射ていて、詩愛も心逢も承服する以外にない。

「それでもっすよマネさん？　自分らが最初からぜんぶ知ってたら、やっぱここまで面倒なことにはならなかったと思うな、って。もちろんありがたいとは思ってるんすけどね、自分らのことをいろいろ考えてくれてるのはわかるんで」

「そう言っていただけるのは何よりですが。やはりこれはわたしの判断ミスでしょうね。まさかお二人がこれほどまでに手毬坂とフィットしておかしな化学反応を起こすとは予想できなかったんです。過ぎたるは及ばざるがごとし、でしたか」

「外部からの受験組が心逢と詩愛さんの二人だけだった、というのは？　それも最初から仕込みだったんでしょうか？」

「お二人以外の受験希望者を理事会の独断でひとり残らず落とした――みたいな想像をしているのであれば、その件に関してはまったくの偶然ですよ。ごくまれにですが、そういう年度も過去にないわけではありません。もともと、外部からの受験には高いハードルが設けられていますしね。とはいえ【白雪静流と白雪美鶴の娘】という事実が何も影響していなかった、と言えば嘘になりますが」

注文した品が運ばれてきた。

りんごジュースのストローに口をつけながらブレイクタイム。「事件を解決する探偵役、こうしてやってみると思ったより疲れますね」「でしょ?」「ずっとしゃべりっぱなしだから気が抜けないんですよ」軽口を叩き合う三人の姿は、年の離れた仲良し姉妹のように見えなくもない。

「繰り返しになりますが、やはり今回の件はボタンの掛け違い、認識のミスマッチにすべて集約されます。それに目安箱を置いたのは間違いなくわたし、藤小路佳乃ですが。そこに至るまでの流れも、そこから想像もしていなかった方向に転がっていったことも、個人の裁量でコントロールできるものではなかったと認識しています。事の発端がわたしだったことを棚に上げて言わせてもらうならば、ですが」

それからゆっくり時間をかけて、マネさんは〝事件〟のあらましを逐一、丁寧に説明してくれた。

・すべての発端は、白雪詩愛と白雪心逢の二人が、進学先の高校に私立手毬坂女子学園を選び、入学試験に合格したこと。

・二人が手毬坂を選んだ理由は、白雪静流と白雪美鶴が手毬坂の卒業生と知り、その足跡を辿ろうとしたこと。

・静流と美鶴の元マネージャーであり、詩愛と心逢の後見人ポジションだったマネさんこと藤小路佳乃は、自らも手毬坂の卒業生であり、現在では理事まで務めていることを、あえて明かさなかった。

・手毬坂を熟知している佳乃は、ただでさえ目立つ詩愛と心逢が度を越して目立つ可能性が高いこと、その目立ち方が悪い方向に傾く可能性を考慮し、旧知の後輩たちに何かにつけて双子の新入生をサポートしてくれるよう依頼した。
・依頼した相手は手毬坂三人衆――新聞部部長の五道院京香と、生徒会長の宝島薫子と、叢風館寮長の榊原亜希である。
・佳乃は十年前に手毬坂を卒業した身だが、学校史に残る名生徒会長であり、現在では最年少の理事（理事長代理）も務めているため、生徒の間での知名度は高かった。中でも現在の手毬坂で中核を担う三人衆は、ＯＧとの交流会などの機会もあって、佳乃と親交があった。
・熟慮と配慮の結果、佳乃は三人衆に対して別個にサポートを依頼した（三人衆の関係が、時に仲が良く、時に仲が悪いことを知っていたためだが、結果としてこのことが一連の出来事をますます複雑にした）。
・三人衆はそれぞれ、双子新入生のサポートを二つ返事で引き受けた（くれぐれも内密に、との条件付き。詩愛と心逢のプロフィールもこの時点で三人衆は知らされている）。
・サポートを依頼するにあたって佳乃は『表立った行動はしないでください（双子のためにならないから＆双子がへそを曲げる可能性もあるから）。陰ながら支える形でお願いします』と注文をつけ、三人衆はこれも快諾した。

「――このへんまでは、まあ。解らない話じゃないっすよね」

　眉間を指でもみほぐしながら詩愛。

「ここまででも十分にややこしいですけどね」

　目を閉じながら情報を頭の中で整理している様子の心逢。

「ここからもっとややこしくなりますよ」

　込み入った状況をよどみなく解説しながらも疲れを感じさせないマネさん。

「詩愛さんと心逢さんの行動とその結果が、手毬坂をよく知ってるはずのわたしでもまったく先が読めないものになりましたので。……まあ今にしてみれば当然なんですけどね。お二人はあの静流先生と美鶴先生の娘さんなんですから――」

・4月10日。事態が急変したきっかけの入学式。新入生代表に選ばれた詩愛と心逢が、スピーチする代わりに二人で一曲披露した。
・結果、爆ウケ。詩愛と心逢はほんの数分で手毬坂におけるセンセーショナルな存在となる（なお、この件より以前に、双子新入生にまつわる様々な噂が学内に広がっていた模様。二十年前の伝説的な双子生徒会長コンビ、白雪静流と白雪美鶴の情報も含む）（二人が歌ったのはカバー曲。サンボマスター【世界はそれを愛と呼ぶんだぜ】のアコースティックバージョン。詩愛だけでなく心逢もギターを持ち、二人でハモって歌った）。
・詩愛と心逢、調子に乗る。ファンサを惜しまず、それでいて孤高のアイドルを気取った結果、手毬坂の生徒たちさらに熱狂する。詩愛と心逢の奇妙な孤立傾向も、次第に顕著となっていく。

・京香は新聞部部長という立場上、最初に詩愛と心逢に接触。新聞の号外を連発し双子新入生の記事を学内に知らしめ、詩愛と心逢の人気は不動のものになっていく（この時点で『表立った行動はしないでください』という注文に京香は反しているのだが、『書かないわけにもいかないでしょうしね。筆が滑るのも同情の余地はあります』とはマネさんの弁）。

・生徒会長の薫子は（内心ではうずうずしながらも）静観。寮長の亜希は母属性を発揮して詩愛と心逢を厚遇するものの、新入生に対する態度の矩《のり》はかろうじてこえず。

・4月29日。道玄坂ギターコンテスト開催。三人衆、お忍びでコンテストを見学する。詩愛が金賞（当人いわく真ん中よりちょっと下の賞）を受賞。三人衆、ますます詩愛が好きになる。

・同じく4月29日、センター街短編小説賞の受賞者発表と選評会が開催される。あらかじめ主催者WEBサイトで心逢の小説を読んでいた三人衆がお忍びで見学。詩愛が入選（当人いわく参加賞に毛が生えた程度のもの）を果たす。三人衆、ますます心逢が好きになる。

・両コンテストに双子たちが参加する情報は、マネさんから三人衆へ、極秘を条件に流されたもの（「何してくれてんすかマネさん!?」「すみません。サポートの対価、ということでやむを得ず」)。
・なお、この時点で三人衆は、それぞれの後継者に詩愛と心逢をあてたい、という意志を強く固めた模様(このことも後の三人衆の言動に影響することとなる)。
・両コンテストにおける詩愛と心逢の活躍が、学園新聞で大々的に報道され、双子たちの人気はますます過熱する。マネさん、事態を憂慮し始める。
・5月12日。マネさんが目安箱を設置する。
・5月15日。詩愛と心逢、目安箱事件の調査に乗り出す。

「……なんかもーつまり、結局マネさんがぜんぶ悪い、ってことにしちゃっていいんじゃないかと思うんすけど?」

「すみません。小細工が上手く機能しなかったのは認めます。ただ、状況を鑑みて最善を尽くした、ということはご理解いただけると」

「……まあ、心逢と詩愛さんが騒動の中心になっているのは事実でしょうから。お調子者ですし、与えられた状況には全力で乗っかってしまうタイプですし」

「わたしは複雑な気分と立場にありました」

コーヒーカップを手に取りながらマネさんは言う。

「お二人が奇妙な形で祭り上げられ、不思議な形で孤立する結果になった原因の多くは、わたしにあります。とても不本意であり、同時にさすがはお二人だと感心もしていましたが……いずれにせよ何も手を打たないわけにはいかない。とはいえ学園理事の職にあるわたしが出しゃばりすぎるのも差しさわりがある。お二人もわたしが過度に干渉することを好まなかったでしょうし――そうして悩んだ末に思いついたのが【目安箱】だったんです」

詩愛と心逢をサポートするつもりの配慮が、ことごとく裏目に出てしまったマネさんが思いついた、一石二鳥のように見えた策こそが。

かつての生徒会長時代、自らが復活させた――藤小路佳乃が敬愛する大先輩であり、マネジメントの対象でもあった白雪静流と白雪美鶴が手毬坂史上初めて創設した【目安箱】を、学生寮の双子の部屋の前にこっそり設置することだった。

「欲張りすぎました」

マネさんが苦笑いする。

「何もかもを破綻なく成立させようとしすぎましたね。お二人が目安箱の意図に乗っかり、手毬坂の生徒もそれに乗っかり、結果としてお二人がもっと自然な形で手毬坂に馴染むことができれば、と思いまして……」

「まあ……欲張りっちゃ欲張り、なのかも？　っすねえ」

「そもそもあれです、いわゆる水臭い、というやつなのでは？　心逢も詩愛さんもそういう事情があらかじめわかっていたら、他に対処のしようもあった気が」

「最初から話してくれてたら、ねえ？」

「こんなややこしいことにはならなかったですよね」

双子たちがくちびるを尖らせる。

「できればこっそりフォローしたかったんです」

マネさんが弁明する。

「颯爽と格好よく、完璧かつ露見することなく。一応これでもお二人の後見人を自任していますし……その方がお二人に良い格好をできるかなと思いまして。元々お二人が手毬坂を受験する、と聞いた時点でテンション上がってたんですが、そういう気持ちをがんばって隠していました。今にして思うとわたし、だいぶ舞い上がっていたんですね。反省しています」

照れるような恥じ入るような、そんな様子でマネさんは頭をかいた。

超クールで爆裂に有能な美人、と認識している人がそういう仕草をするのを見て、双子たちはほっこりした気持ちになった。

マネさんがさらに説明を加える。

・マネさんは三人衆に対して、目安箱を設置する旨をあらかじめ伝えていた。また、マネさんが目安箱を設置したことは伏せてほしいと依頼した。三人衆はこれを快諾した。
・詩愛と心逢のコアな初期組ファンであり、二人を自らの後継者にもしたいと目論んでいた三人衆は、我先にと目安箱に投書した。その投書が〝目安箱事件〟の発端となった、ファンレター三通である。

・なおかつ三人衆はマネさんの要請に従って、目安箱を置いた人物の正体を隠すことを目的とした行動に出た。これがファンレターと同時に投書された、三通の身辺調査依頼書である。
・身辺調査依頼の対象として、三人衆がそれぞれ自分以外の二人を名指しした理由は以下のとおり。
①目安箱を置いた人物をマネさん以外の誰かにミスリードすること。
②ミスリードする対象を三人衆に限定すること（もし仮に目安箱事件が何かしらの理由で予期せぬ飛び火をしたとしても、自分たちでコントロールできる範囲内に収めておけると見込んだ）。

「……その理屈だと」

心逢は首をかしげた。

「自分以外の二人じゃなくて自分自身を調査依頼の対象に選べばいいのでは？　そうすれば心逢と詩愛さんが確実に自分のところへ来るわけですし、ファン心理としてはその方が自然に思えるんですが。実際、三人衆のみなさんは白雪シスターズが調査しに来たことをとても喜んでくれました」

「そこがあの三人の関係のおかしなところでして」

マネさんが笑う。

「つまり自分以外の二人を優先したんですよあの子たちは。自分よりも、自分以外の二人のところに、白雪シスターズの関心を向けようとしたんです。それもお互いに示し合わせたわけではなく、三人それぞれが独自の判断でそうしたんだと聞きました」

「……なぜにそんなことを？　心逢にはいまいち理解できないんですが」

「そこがいいんです」

　マネさんは自説を譲らない。

「仲違いはするのに妙な形で仲良し。〝白雪シスターズの後ろ盾〟としてのポジション争いはバチバチにやるのに、身辺調査の場面ではなぜか譲り合う。表立った行動をしないでほしい、というわたしのお願いを聞いてくれたから、という側面もあるでしょうが……もとより良い人間関係の呼吸というのは、そういうものではありませんか？　お二人にも心当たりはあるのでは？」

「そっすかねえ？」

「そうでしょうか？」

　双子はそろって首をかしげる。計ったように同じタイミング、同じポーズで。

　まさにそういうところですよ――内心でほくそ笑みながらマネさんは言う。

「息が合っている、という意味では、もしかしたら白雪シスターズ以上かもしれませんよあの三人衆は。ちなみに静流先生と美鶴先生もそうでしたけどね。個性はまったく違うし考え方もちがう。なのに肝心なところではぴったり足並みがそろう。そんな人たちでした、詩愛さんと心逢さんのお母さま方は」

ふーん、と双子たちは気のない返事をした。

喫茶店に流れるBGMはルイ・アームストロング。

円熟の艶を醸し出すボーカルを聞きながら、詩愛は総括する。

「とどのつまりこういうことっすかね？　目安箱事件を事件とみせていたのは、先入観、ボタンの掛け違い、関係した人物たちの見栄や思惑――言い換えるなら人間らしさそのものであった。……みたいな？　あと三人衆の関係は尊《てぇてぇ》い？」

「悲しい事件でしたね」

痛ましげに首を振りながら心逢も追随する。

「結局のところ心逢たちが魔性の魅力を備えていて、みなさんがそれに惑わされてしまったから起きてしまったこと、そういう結論に落ち着くわけですね。見た目がいい感じで何かと才能に恵まれている女子高生の存在そのものが悪、ということであれば、この世界を創りたもうた神はなんと皮肉でモテなさそうな性格をしているんでしょう。心逢にはそのことがいちばん悲しいと思えてしまうのです――」

「すいませんマネさん。ウチの妹がアホなこと言って」

「アホとは何ですか。せっかくボケてるんですから、ここは詩愛さんもノってきてくれないと困る場面ですよ。心逢だけをピエロに仕立てて、自分だけ高みの見物を決め込もうというんですか」

「まあまあお二人とも」

マネさんが割って入る。

「どう取り繕っても今回の元凶はわたしですから。苦情や損害賠償の請求は藤小路佳乃までお願いします。それとお二人にあらためましてお礼を。解決編の演出をあえてああいう形にしてくれて——手毬坂らしい形でピリオドを打ってくれたことに感謝します。事態に一定の収拾をつけるために、結局はお二人にサポートしてもらう形となってしまいました。尻拭いのお返しは、いずれ必ず」

「いやいや。自分ら要するに、いろんなみなさんに気を遣われてた立場、ってことになるんで。マネさんも三人衆の先輩たちも、自分らのために動いてくれてた結果、って話ですもんね」

「やたらと手の込んだやり方になったことも、事情がわかれば理解できますしね。むしろ心逢たちが心逢たちであったことが、問題の根本だったわけですし」

店員がりんごジュースのお代わりをテーブルに置き、パンケーキの皿を下げていった。

夕方を過ぎて夜が近い時間になっている。

双子たちのねぐらである叢風館の門限はそれほど厳しくないが、遅くまで外出していられるわけでもない。手毬坂の理事を務めるマネさんの立場からしても、本来長話は好ましいものではないだろう。〝知らなかったこと〟をようやく知れたとて、この先の人生にエンドマークがつくわけでもない。

「大本をたどると」

ストローをかじりながら詩愛が漏らす。

「やっぱ行きつくところはウチのお母さんたち、ってことになるんすかね」

「二十年も前に卒業してるのに、ですよね」

使い終わったおしぼりをぐるぐる巻きにしながら心逢もボヤく。

「目安箱も、手毬坂の空気も、マネさんの行動も、そのマネさんの後輩をしてる三人衆の先輩たちも、何だかんだで手毬坂に入った心逢と詩愛さんも。結局のところお母さんたちの手のひらの上で踊らされてるような気がします」

もう死んじゃってるのにね、と。

テーブルに視線を落とした双子たちの引き結んだくちびるから、声にならない声がこぼれ出たのを聞いた気がして、マネさんこと藤小路佳乃は思わず目を伏せた。

「――なるべく言葉は選ぶつもりですが」

視線を双子たちに戻してマネさんは言う。

「ちょっとだけわたしの自分語りを聞いてもらえますか。もしもお気に障るようでしたらすみません、先に謝っておきます」

「いやー。自分ら、マネさんにはお世話になりっぱなしの立場なんで。謝られることなんて何もないっすよ。ねえ心逢ちゃん？」

「はい。マネさんには感謝することはあっても恨みに思うことなんてありません。もちろん今回のことでも、苦情を言ったり損害賠償を求めたりはしませんし」

「そーそー。これからも自分らを支えてくれるんなら、それで十分っす。マネさんのこと信じてるし頼りにもしてるんで。これ、ガチの本音っすからね？」

「詩愛さんの言う通りですね。きっとこれから先に何があっても、マネさんは心逢たちを支えてくれるだろうと期待しています。……まあ焼肉ぐらいはご馳走してもらっても罰《ばち》は当たらないと思いますけど」

「どちらもお安い御用ですよ。今後もお二人を可能な限りサポートさせていただきます。焼肉の件も近いうちに必ず。……で、自分語りの続きですが」

マネさんは水をひとくち口に含んでから、

「静流先生と美鶴先生。お二方の関係は長く傍にいたわたしでも理解しきれない、本当に複雑なものでしたが。お二人はお名前を表に出すのをずっと拒みながらも、小説や映画や音楽などの各方面で様々な足跡を残されました。先生たちがどういう人で何をした人なのか、わたしからお伝えできることはいくらでもありますが……詩愛さんと心逢さんはそれをよしとせず、自ら先生がたの足跡をたどるべく手毬坂に入ることを選びました。わたし自身としても、先生がたを軽々しく語るのは本意ではありません。詩愛さんと心逢さんほどではないですが、わたしにとってもあの人たちは他人ではありませんし。妙な先入観を持たれないように、できるだけ一次情報に直接触れてもらいたいと気を配って……まあそれが逆効果となって、今わたしがこうして図らずも黒幕としての務めを果たしているのですが」

懐かしむような、古傷をそっと撫でるような。

そんな語り方をマネさんはしている。水の入ったグラスを両手で包むようにしながら。

テーブルに落としていた視線をあげて、上目づかいに双子たちは続きを促す。

「目安箱ひとつからこれだけ事態が転がりました。十年前に美鶴先生が亡くなり、半年前に静流先生が亡くなられて――そもそも二十年前にお二人は卒業されていて――それでもなお、こういうことになります。ある意味では手毬坂という場所の空気そのもの、良家の子女が集まる女子校を自由で伸び伸びとした校風にした原点、と言っていいかもしれません。その影響の範囲には三人衆の子たちも、もちろんわたしも、そして詩愛さんも心逢さんも――手毬坂に関わるすべての人たちが含まれるんでしょう。端的に表現するなら、それが白雪静流という人であり、白雪美鶴という人なんです。あの二人を身をもって知るという意味において、今回のことは大いに価値があったのではないでしょうか？　そして私見を述べさせてもらうなら、先生方とあなたたちは本当によく似ている。親子でもあり双子同士でもあるから、というだけでは説明がつかないくらいに。白雪家の人たちは存在があまりにも特異です。手毬坂という一種の箱庭は相当に風変わりな場所だとわたしは認識していますが、その中にあってさえお二人はひときわ異彩を放っている。あなた方に関わる人間は普通じゃいられないんですよ。わたしは自ら経験していることですから確信をもって言えます。この現代によく、これまでお二人が表舞台に出てこなかったものだと、あきれるやら安心するやら。田舎暮らしで目立たなかっただけなのか、保護者でいらっしゃるおばあさまの配慮がよほどきめ細かだったのか――」

ふう、と吐息。

さすがに息が切れたのか、グラスの水をひとくち。

「それともうひとつ。わたしが関わろうと関わるまいと、お二人は何かしらおかしな状況に陥るタイプの人たちなんでしょうね。事件の方から寄ってくるというか、何もないところから事件を生み出してしまうというか……そして否応なく周りを巻き込んで、何だかんだでなにがしかの結果を出してしまう。わたしの見立てはやはり、間違っていなかったようです」

「見立て……？」

「と言いますと……？」

詩愛と心逢が首をかしげる。

同じタイミングで、同じ顔で。

ほらまたそういうところ――と微笑みながら、マネさんは答える。

「まだお伝えしていませんでしたね。小説や映画や音楽で数多くの足跡を残しただけでなく――優秀な探偵でもあったんです。静流先生と美鶴先生は」

†

喫茶店を出るころには夜になっていた。

「かくして事件は無事に解決した。めでたしめでたしＱＥＤ」

東屋のベンチに腰掛けた詩愛が、脚をぷらぷらさせながら言う。

しかつめらしい顔。

「美少女双子探偵姉妹アーティスト・白雪シスターズの大活躍は、私立手毬坂女子学園で末永く語り継がれ、その栄光はいつまでも顕彰され続けることであろう……小説だったらこんな感じのラストで締める感じになるのかな、心逢ちゃん？」

「百点満点中の四十点」

詩愛の隣に腰掛けた心逢が、同じく脚をぷらぷらさせながら採点する。

「悪いとまでは言いませんが、創造性には欠けるし納得感も得られない。わたしが新人賞の審査員だったら落選させるタイプのラストでしょうね」

「うーん絵に描いたような塩対応。ま、プロの作家でもない心逢ちゃんが言っても説得力ないけどさ」

「ふーん痛いところを突くじゃないですか。さすが、道玄坂ギターコンテストで金賞を取った人が言うセリフは説得力が違いますね」

喫茶店から学園までは、マネさんがタクシーで送ってくれた。

双子たちは学生寮・叢風館へすぐには帰らず、今日の放課後にちょっとした立ち回りを演じた東屋で時間をつぶしている。

「……まあいつものきょうだいゲンカは置いといて、っと」

両手で持った何かを脇によける仕草をしながら、詩愛が言う。

「心逢ちゃんの考えを聞いてみよっかな。ぶっちゃけどんな感じ？」

「ふわっと話を振りますね」

「でも通じてるっしょ？」

「はい。生まれた時から十五年間ずっと一緒にいる双子の姉妹ですからね。……まあそれはいいんです、もうふたりの間では決まっていたことですし」

「まだ一ヶ月とちょっとしか経ってないんだよねえ」

天を仰ぎながら、詩愛。

「この学校に入ってから、たったそれだけ。毎日ずっといろんなことが起きてた気がするからさ、もっと長い間この場所にいるように思えるけど。一ヶ月ちょっとなんだ。あっという間だなァ」

「八十年ぐらい生きたお年寄りみたいな感想ですね。……まあこれ以上のどんでん返しはないでしょう。もともと何もないところに謎を見出していただけ、の話ですし」

「あれだね、雪山を転がる石ころが手の付けられないサイズの雪玉に変わっていく、みたいな話だったね」

「幽霊の正体見たり枯れ尾花……いわゆるブロッケン現象みたいなものですかね」

「面白かったか、面白くなかったか、でいえば。うん。面白かったな」

「はい。ずいぶんと振り回される形になってしまいましたが、面白かったですよ。入学式からずっと、いろんなことが起き続けていましたから」

「期待されると何かやってみたくなるんだよね。お調子者で見栄っ張りだからさ、自分らって」

「三人衆のみなさんにも、マネさんにも、これから先の心逢と詩愛さんを支えてもらえるようお願いして、快諾してもらいましたから。言質は十分に取れているでしょう」

「スベったらどうする？」

「いいじゃないですか、スベろうとコケようと。心逢たちはお調子者の見栄っ張りではありますが、それでも線引きというものがあります。せいぜい派手な花火を打ち上げるのが供養というものでしょう」

「だよねー。……今日って何日だっけ？」

「五月の二十六日です。月末まであまり時間はありませんね」

詩愛と心逢は視線を交わし合った。

口元に笑みが浮かんでいる。いたずらが見つかってしまった子どもにも似た、罪悪感は覚えつつも反省するつもりはない、そんな笑み。

双子たちが本当の〝いたずら〟をするまで残り五日。

速報！明らかになった新事実！

美少女双子姉妹 校史に残る大立ち回り！

手毬坂新報
発行所 手毬坂女子学園新聞部
発行人 五道院京香
号外

双子たちがまたしてもやってくれた。

このところ手毬坂で話題が持ちきりだった目安箱事件を、あたかも寺山修司の市街劇のような手法で解決してみせた白雪詩愛さん(15)と白雪心逢さん(15)。大物OGであり、現役の手毬坂理事でもある伝説の七十七代生徒会長・藤小路佳乃さんとの心温まる信頼関係が明らかになり、また同じく伝説の六十七代生徒会長・白雪静流さんと白雪美鶴さんとの血縁関係も判明し、いよいよ活躍が期待される白雪シスターズ。新聞部はそんな彼女たちの新情報をキャッチした。彼女たちの新曲が間もなく完成するというのだ。

周知のとおり、入学式で白雪シスターズが披露したのは既存有名曲のカバーだ。道玄坂ギターコンテストで詩愛さんが発表した曲はオリジナル曲だったが、YouTube にアップされている粗い動画でしか視聴することができない。ファンにとっては不満を感じる状況が、今回の新曲完成によって一気に変わる可能性は大だ。

新聞部は白雪シスターズのふたりにインタビューを敢行した。

「新しい曲を作ってるのはガチ。心逢ちゃんとふたりで。心逢ちゃん、もともとギターもボーカルもできるんで」（詩愛さん）

▲白雪シスターズ

「必要があればお互いの創作に口を出します。今回は心逢が詩愛さんに。逆のパターンもよくありますけど」（心逢さん）

音楽活動は詩愛さんの、文芸活動は心逢さんの専売特許ではないと、さらりと言ってのける白雪シスターズ。探偵の才能までも証明された今となっては、彼女たちの活動がいかに天井知らずであるか、手毬坂にとっての楽しみがますます増えていくこととなりそうだ。

新聞部の予想では、近々に開催される月例の全校集会にて何らかの動きがあるのではないかとみている。来る五月三十一日を楽しみに待ちたい。（なお、目安箱事件については後日、大特集を組んでお伝えする予定。待て次号！）

【私立手毬坂女子学園理事・藤小路佳乃の日記より抜粋】

五月三十一日

詩愛さんと心逢さんの手綱を取るのは【手毬坂】を飼いならすのと同じくらい難しい。

わかりきっていた事実を今日は再確認させられる日となった。

細心の注意を払ったつもりだ。わたしの本業はマネージャー。ショービジネスの世界にあのふたりが目をつけられたら最後、大人のエゴが彼女たちをあっという間にしゃぶり尽くすのは目に見えている。そうなる前に最大限、備えておくつもりでいた。彼女たちが手毬坂を志望したのは本当にラッキーなことで、あの場所でなら彼女たちはゆっくりと育っていけるはずだった。わたしを含め、手毬坂でならサポート役にも事欠かない。彼女たちが持って生まれた輝きも、手毬坂であれば最大限にそのスペックを活かしつつ、それでいてあくまでも手毬坂の中だけで輝くという、一見すると矛盾する開花のしかたをしてくれるはずだった。それがベストのやり方だと確信していたし、そのためにあらゆる手段を取ったつもりでいる。三人衆への依頼はもちろん、ギターコンテストと小説賞の運営に裏から手を回してそこそこの賞に留めてもらったのも、それ以外のいろいろも。

もちろんこれらのやり方が、わたしのエゴが多分に含まれた行動原理に基づいたものであり、そもそも成功が保証されていない方策だったことは理解している。それでも詩愛さんと心逢さんの天邪鬼な性格も可能な限り考慮して——なにしろわたしは静流先生と美鶴先生に長年関わって、さんざんその天邪鬼っぷりに振り回されてきたのだ——やはり細心の注意を払って、最善の結果を得るべく努めてきた、と胸を張って言える。

だがどうやらわたしは失敗した。したたかな教訓にしばしば横っ面を張られるのが人生だが、近ごろいささかその機会に恵まれすぎている気がしてならない。

白雪のおばあさまには連絡を入れて謝罪し、諸々の対応もお願いした。警察にもその筋の知人を通して内密に相談済み。コネを目いっぱいに使っていくつかの興信所にも動いてもらう。三人衆もそれぞれに動いてくれるとのことだし、理事会も全面的なサポートを約束してくれている。今できることはすべてやった。美鶴先生はともかく、静流先生は常日頃から何をしでかすか解らない人だったが、病を得て亡くなったことを除けば大事に至った負の実績はない。血を分けた娘である詩愛さんと心逢さんもそうであると信じたい。

ついでだから、あの複雑な関係の親子たちについての覚書。

静流先生と美鶴先生が共にこの世界からいなくなった今、詩愛さんと心逢さんの気持ちはさぞ複雑だろう。ものすごく乱暴に表現するなら、彼女たちの母たちは、彼女たちを勝手に産んで勝手に育てて勝手に死んだ、ということになる。そこに詩愛さんと心逢さんの自由意思が差し挟まる余地はない。結果的にはそうならなかったが、本来は司法が介入してしかるべき案件である。人生そのものがねじ曲がっても不思議ではない体験だったに違いない。愚痴や弱音や恨み言を、いくらでも吐く権利が彼女たちにはあったはずだ。そのまま心をくじいて歩みを止めたとて、誰も文句は言わなかったはずだ。

それでも詩愛さんと心逢さんは前を向いた。これを佐《たす》けずして何のマネージャーか。

わたしはこれからも〝マネさん〟でありたいと思う。

それは両先生への恩返しであり、わたし個人の義侠心でもある。何よりわたしがあの双子たちを大好きだからでもある。この気持ちはきっと、この先もずっと変わらないだろう。

長い日記になった。もうふて寝する。ぴえん。

『……なんかヘンだな、とは思ってたんよね』

私立手毬坂女子学園高等部二年生、生徒会長の宝島薫子は後にこう語る。

『いやー、何がヘンなのか、って聞かれると困るんだけどー。だってまず、手続きがちゃんとしてたし。手毬坂《ウチ》の全校集会って、わりとプチ学園祭みたなとこがあるんだけどさ。部活動のアピールとか、実演とか、宣伝とか、それ以外にもまあいろいろ。事前に申請出しとけば基本的に何やってもいいわけ。部活動だけじゃなくて、もちろん個人でもいいし。許可さえ取れてるなら学外の活動に関することだっていいし。だからうちがヘンだなって思ったのは、うん。正直あれだ。勘だね。だから聞かれても困る的な』

『……まあそんなんだからさ、双子ちゃんたちがライブやりたいって申請出してきた時も、フツーに通したわけ。この手の申請って本番直前に出されるのはザラだしさ、そのへんのブッキングをいい感じに回すのが生徒会の腕の見せどころでもあるし。ステージで何をやるのかも、別に細かい審査とか規定とかもないんよね。もちろん双子ちゃんたちがおかしなことやるとは思わなかったし……実際、双子ちゃんたちが何か問題行動を起こした、って話でもないんだし。あの子らはステージで歌っただけだしね。申請されたとおりに一曲だけ』

『……ライブを止めることはできたかって？　意味ないっしょそれ、いろんな意味で。あの子らってたぶん、どこまでいってもあの子らだし。そういう子たちだから、うちもいろんな意味で推してるわけだし。どういうルートを通ってもたぶん、結果は変わらなかったんじゃね？　全校集会を選んだのだって、たまたま日にちが近いところにいい塩梅のイベントがあったから、なんとなくそれに合わせた、ってだけっしょ。だからまあ……何度も言うけど変わらなかったと思うよ。どのみち結果は一緒だったと思う』

†

大ホールにて全生徒、全職員が出席する中で開催される、私立手毬坂女子学園高等部における月に一度の全校集会は、生徒会長の短いあいさつ（ないしは煽り）に始まり、学園内外の手毬坂の諸活動についての報告や議論を始めとする、様々なテーマで構成されている。

内容は多種多様である。たとえば五月三十一日に開催された全校集会では、学園内外の清掃活動の強化に関する意見交換、食堂のメニューに某パティシエとコラボしたデザートを期間限定で導入する企画の提案、全教員を対象にした恋バナアンケートの集計結果とランキング発表、来る秋に開催されるとちのき祭の準備遅延に関する報告と協力の依頼、叢風館の寮生と一般生徒の交流を目的とした会合の提案、放送部企画によるお昼休みのラップバトルに関する評価とレポートと今後の継続性に関する議論、来る夏季の暑さ対策としてスカートの中に下敷きで風を入れる行為の是非についてのディベート、中等部の生徒を教室に招いての体験授業と結果報告、特定の生徒のブロマイドをシリーズ化して製作しトレーディングカードの要素を入れて射幸心をあおるやり方の是非——等々。

いずれのテーマも、基本的には各論より総論に重きを置くことが多く、それぞれの議題に割かれる時間は五分から長くても十分程度であり、議長を兼ねる生徒会長の裁量によって深浅や長短は決まるものの、速いテンポで次から次へと新しい議題が飛び出してくるため、多くの生徒は飽きる暇がない。プチ学園祭とも呼ばれるだけあって、全体的にノリよくテンション高く、エンジョイ＆エキサイティングを看板に掲げる全校集会はその世間一般における印象に比してむしろ人気の催しとして成立しているところが、手毬坂の特徴であり、らしさの所以といえた。

そしてこの日、全校集会はいつもと変わらぬ熱気と活気に満ち、笑い声とブーイングを交えてつむじ風のように盛り上がりつつも、参加する生徒たちがどこか気もそぞろな様子を示していたことについては、多くの証言者が声をそろえて述べるところである。

†

『……大トリに回されたのは当然の判断だったと思います』

私立手毬坂女子学園高等部二年生、新聞部部長の五道院京香は後にこう語る。

『少しばかり異様なほどでしたから、あの瞬間の人気、それに注目度は。横沢翠さんという生徒が現れて、もう少し状況が変わるのかも、と予想していたのですが。変わりませんでしたね。横沢さんは見た目の印象どおりの控えめで奥ゆかしい性格の方でして、白雪シスターズと個人的な接点を持ったからといってやっかみを受ける、というようなことはありませんでしたし……逆に横沢さんをきっかけにして白雪シスターズとの距離を縮める生徒が現れる、ということもなかったようです。むしろ、東屋での目安箱事件解決の立ち回りを経て、詩愛さんと心逢さんが軽く神格化されつつある雰囲気すら感じました』
『……ですからええ、白雪シスターズが大トリを務めるのは自然な形、わたしが生徒会長だったとしてもそういう判断をしたと思います。その点で宝島さんを責めるのはまったくの筋違いでしょうね。むしろ白雪シスターズを前座あつかいしたとして暴動が起きていたかもしれません。暴動といっても手毬坂の生徒は淑女たらんことがモットーですので、何十通もの苦情の投書が関係各所に送られてくるぐらいでしょうけど』
『……結論から言うと、お膳立てはすべて整っている状況でした。入学式以来の――いえそれよりもっと前、藤小路理事が白雪シスターズと縁を結んで以来の――いえいえ、おそらくはもっともっと昔、白雪静流さんと白雪美鶴さんが手毬坂で一世を風靡していたころからずっと続いていたある種の伏線が、一気に収束するタイミング。あのふたりはどのくらい意識してやっていたことなんでしょうね？　たまにいますよね、そういう人たち……ここしかないという絶妙の機を、当たり前につかんでしまうタイプ。枯草一本に火をつけるだけでたちまち燎原の火を生み出してしまうみたいな……まあ新聞部の部長として、あの一件の片棒を担いでいた自覚はありますから。偏向報道の責任を取れと言われたらいつでも取るつもりではいますよ。後悔も反省もするつもりはありません。それはかえってあのふたりの決断と行動を尊重しないことになりそうですから』

†

二時間近くにおよんだ、白熱の全校集会。その最終盤。

多種多様な議論や提案や発表――いわばセットリストを経て、すっかり場の空気が温まり切ったタイミング、生徒会の予算編成案の報告という本来ならさして盛り上がりようもない〝演目〟を噛みまくりながらこなした生徒会会計担当役員が拍手に送られつつ舞台の袖に入ったところで、大ホールにひしめく生徒たちが隠しようもなくざわめき始めた。そろそろかな? さすがにそろそろじゃない? 話題の双子たちが、早くも伝説のように語られている入学式での一幕を再現しようとしているらしいとの噂は、新聞部が乱発する号外に煽られるまでもなく、校内の隅から隅までまんべんなく行き渡り、生徒はもちろん教員も理事会も用務員のおばちゃまに至るまで、白雪シスターズが全校集会でライブを、それも新曲を披露するであろうという予想あるいは願望は、既にコンセンサスとして定着している状況だった。

元よりその傾向に寄りがちな全校集会はこの日、明らかに祭典の熱狂を帯びつつあった。

白雪詩愛と白雪心逢が何かをやってくれるであろうこと。

その何かが期待を超える何かをもたらしてくれるであろうこと。

直近でも目安箱事件があり、しかもその解決劇を直接に目撃できたのは(たとえ双子と三人衆のやりとりが何も聞き取れなかったとしても)手毬坂高等部に在籍する生徒のおよそ一割にも満たず、その幸運に与《あずか》った生徒をうらやむ声がそこかしこで聞かれていただけに留まらず、不運をかこって不公平を訴える切実な声もまた、諸事前向きな傾向のある手毬坂では珍しく、そこかしこで上がっているのも現実としてあった。

それはひとことで表現するなら、多くの在校生・卒業生が口をそろえて言うように、いわゆる〝手毬坂らしさ〟――ある種の集団心理、共犯的な連帯の下における少女たちの、思春期にあり、総じて育ちがよく、箱入りで世間一般とはやや異なる価値観の影響下にある特定の、閉鎖性に近似した集まりだけがおそらくは持ち得る、特異な性向がもたらした現象に違いなかった。

その現象は、放送部の部員があわただしく、しかし手際よく舞台のセッティングを行い、学園の備品であるスタンドマイク一本、そしてマーシャルのＪＶＭ２１０Ｃ一台、それぞれを設置し終えるのを待たずして、赤いテレキャスを肩から掛けた白雪詩愛と、手ぶらで何も持たない白雪心逢が舞台袖から姿を現した瞬間に、ひとつの到達をみた。

†

『蜂の巣をつついたような騒ぎだったわね』

私立手毬坂女子学園高等部二年生、叢風館寮長の榊原亜希は後にこう語る。

『ふくらみ続けた風船が一気に何千個も弾けたみたいな、そんな音だった。黄色い声があれだけ集まるとあんな音になるって、あたし初めて知ったわ。まあそう言ってるあたしも黄色い声をあげちゃったひとりなのだけど。でも自分のあげた声は、自分にもほとんど聞こえなかったと思う……あたしも一応は立場がある人間だから、盛り上がりがあまりにも行き過ぎるようならどうにかして抑えなきゃ、とか思ってたし、そのことは五道院ちゃんとか宝島ちゃんともあらかじめ話し合ってたんだけど……ええだって、そういう流れになるに決まってるじゃない？　予想できる未来は自分にできる範囲でコントロールする、あたしが売りにしてる占いって、そもそもの目的はそういうものなんだし。でも、ええ、ぜんぜんダメだったわね。途中まではそれなりに客観的に全校集会を見ているつもりだったんだけど、いつの間にかあたしも……そう、群れの中に交じっちゃってた。〝手毬坂の人間〟で〝あの場にいた人間〟なら、たぶんみんな一緒。その感覚は、実際に経験してみないとわからないんでしょうね』

『セッティングの時間は三十秒もなかったかしら。その短い時間もずっと、蜂の巣をつついたような騒ぎは続いてた……警備員のひとりもいないし、誰もあの場をコントロールできる人はいなかったと思うけど、そのあたりは手毬坂よね。普通なら暴動とか起きてもおかしくない状況だったけど、ギリギリのところでバランスを保ってた感じ。……ええそう、リハーサルもないに等しかった。あたしはあまり詳しくないのだけど、詩愛ちゃんはあれ、エフェクターボードっていうの？　を持ち込んでて、スピーカーにちょちょっとコードをつないで、キーンっていう耳が割れそうになる高い音がスピーカーから出て、ごちゃごちゃっと足元を何度か踏む仕草をして、それでおしまい。心逢ちゃんはマイクに向かって、ワンツー、ってひとこと言っただけで、あとは黙ってたかしらね。もちろんみんな大騒ぎよ。あの子たちが何かやるたびにキャーキャーよ。ていうかあたしも大声出してたんだけど。だってかわいくてかっこいいから。だから細かいところまではちゃんと覚えてないんだけど……詩愛ちゃんは何かぶつぶつ言ってたように見えたかも。口元がちっちゃく動いてたのが見えた。つま先でリズムを刻んでたようにも見えた。とん、とん、とん、って、軽い感じで……自分のつま先を見てうつむいてたから、顔はちゃんとは見えなかったかも。心逢ちゃんはね、ほんのちょっぴりだけ微笑んでるように見えたかな。ほんのちょっとよ？　微笑んでるというか、とにかく穏やかな顔してて。いわゆるアルカイックスマイル、ってやつかしら』
『……ええそう、ほんとはね、その時にはもう気づいてたんだと思うわ。双子ちゃんたちなんだかいつもとちがうし、思ってたのともちがう、って』
『……うん、そう。怖かったの。あたし夢中になって大声出して、詩愛ちゃーん、心逢ちゃーん、がんばってー、お母さん応援してるー……みたいなこと叫んでたんだけど。ずっと鳥肌立ってたのがわかった。暑苦しいくらいの熱気だったはずなのに、周りの気温がちょっと下がったような気までしてたのよ』

†

雷霆《らいてい》の鞭を力任せにぶっ叩いたようだった。

突如としてホールに特大の音圧をうねらせ、狂おしいほどの熱に侵されたオーディエンスに冷や水を浴びせたのは、ぎりぎりのところで和音の体裁を保っていた、鼓膜を食い破らんばかりの特大ノイズ。六本の弦を力任せにかきむしられた、詩愛のテレキャスが上げた断末魔の叫び。

水を打ったように一瞬、場が静まり返った。まさしく鞭で打たれて身をすくませるように。

ノイズから放たれたメッセージは明確だった。

〝黙れ〟と〝聞け〟。

安っぽい催眠術にでも掛かったように、あるいは逆にそれから解き放たれたように。音を聞いた者はひとり残らず、身体に高圧の電流でも当てられたかのごとくあらゆる動きを止めた。たぶん心臓すらもその瞬間、拍を打つのを止めただろう。ある種の拷問のようにこだましていたノイズもまた、熱気が引けるのと同じくして消え、静寂をみる。音圧の源になった白雪詩愛のテレキャスは、彼女の白い掌で六弦すべてがミュートされている。血に飢えた肉食の獣を愛撫するかのような仕草。

間髪いれず歌が響き渡った。

心理的空隙を見逃さず忍び寄る、尖った錐を肋骨と肋骨の間にすべりこませるような、白雪心逢のアカペラ。その声は雷霆の鞭とはまったく別のニュアンスで聞く者を打ちのめす。純白の無垢な天使が、何の因果か悪魔の音楽に魅入られて地獄へ堕ちた果てに、アルコールとシガーで喉をねじり潰されたような、ハスキーなのに甘く、どこまでも高く伸びる、それでいて真っ黒なタールにまみれて指先ひとつ動かせなくなるかのごとき錯覚を催す、そんな声。聞く者たちに立ち直る間を与えず、心逢は容赦なく咆哮する。咆哮に呼応してすかさず詩愛のギターリフが獰猛に寄り添う。ご覧になってよこの景色。弾きつぶすよ千の瞬き。滴るよりんごの熟れすぎ。覚えてないよ帰り道なんか。心逢の喉が震わすオクターブにリリックが乗り、BPM180あたりで切り刻まれるリフを従えてたちまち天まで駆け上がる。

†

『呆然としてたんだと思います。はい、たぶんですけど』

私立手毬坂女子学園高等部一年生、横沢翠は後にこう語る。

『わたしだけじゃなくてたぶん、その場にいた人たちの誰もが。ついさっきまであれだけの大騒ぎだったのがうそみたいに、しん、となって……といっても、詩愛さんと心逢さんの演奏はずっと続いてて、絶え間なくすごい音が流れ続けてくるわけですけど。すごかったな、いま思い出してみても……あっ、思い出すといっても頭にもやが掛かってるみたいにぼーっとしてる感じだったから、本当のところはちゃんと思い出せないんですけど、記憶の切れ端だけちょちょっと拾い上げることができるだけで。ばらばらになったパズルのピースを拾い集めるみたいな感じで……でもたぶん、ぜんぶ拾って並べてみても、本当の形にはもう戻らない、みたいな。そんな感覚もあります。ええととにかく、その場にいた誰もが、詩愛さんと心逢さんの演奏を、たぶん黙って聞いていました。黄色い声はピタリとやんでました。それ以外の動きもぜんぶ止まってました。でも、そうなってたのは本当に最初の一瞬だけで。……いいえ、我に返ったわけじゃないです。集中力が切れた、みたいな話でもなく……むしろ逆です。集中しすぎてのめりこんでいたんだと思います。声と演奏が、つまり音楽が、頭の中に入ってきて、そこからもっと奥のどこかまで、隅々までしみわたって、そこから先は詩愛さんと心逢さんの音楽のことしか考えられなくなった……ギター一本とボーカルだけなんですよ？　それなのにどうして、わたしたちはあんな風に取り込まれてしまったんでしょうか。集団心理？　同調圧力？　くわしくはありませんが、そういう類のものだったんでしょうか。でもたぶん、それだけじゃないですよね。少なくとも詩愛さんと心逢さんはその気になってそうした。何をしたって？　それはもちろん魔法にかけたんだと思いますよ。何百人の人間がいっぺんにあんな風になる理由って、それ以外に考えられないんじゃないですか。そもそもすごすぎたんですギャップが。だって入学式の時はもっとぜんぜんちがったんです。アコースティックのギターで弾き語りをしてた時は、なんというか、見ている誰もが白雪さんたちを好きになっちゃうような……白雪さんたちも、みんな大好きだよ愛してる、って感じで楽しそうに笑ってた……入学式の時以外で手毬坂で見かける時も、いつも笑顔できらきらしてて明るい雰囲気で……だから、はい、意表を突かれたんだと思います、簡単に言っちゃうと。白雪シスターズがあんな風になるなんて、誰も想像してなかったんです』

†

詩愛の演奏はじゃじゃ馬そのものだった。瞳閉じればそこに映り。ただしそんじょそこらの駄馬ではない、何百年にもわたって血統を重ねたエリートなサラブレッドでもない、百鬼夜行を駆ける妖馬の類だった。輝き朽ち果つ籠の鳥。粗削りというよりもテクニックに欠けるというよりも、六本の弦とローズウッドのボディの奥に秘められているはずの何かをいかにして引きずり出してやるか、にしか興味がないかのようなプレイスタイルで、両脚を鮫か鰐のあぎとのように大きく開き、ステージの木目に牙を突き立て、殺るか殺られるかだと言わんばかりに激しくピックを刻んでいる。羽ばたき燃え尽きる火の鳥。充血したまなこをカッと見開き、瞳孔も開きっぱなし、犬歯をむき出しにして笑いながら音と格闘し、早くも汗だくになりつつある髪を振り乱す詩愛の姿は、中世の伝説に登場する鬼女にも似て、妖しいばかりの輝きを放ってステージに屹立している。覚えてないよ帰り道なんか。

対する心逢は、そのじゃじゃ馬を苦もなく乗りこなしていた。なかったよそんなの初めから。全編がFとGとEmとAmのコードの繰り返しだけで構成されているシンプルな音律を、抑揚たっぷりの声で彩り豊かに歌い上げてみせる。だって追いかけてただけなんだ。その姿は姉と対照的。動きはないに等しい。表情すら変わらない。両手は腰の後ろに組んでいる。両脚は肩幅よりほんの少しだけ開いて。わずかに背中を丸めて、マイクにそっと口づけするみたいに。だって知らない何もないんだ。歌い手というよりも軍人か応援団、あるいは体育の授業の休めの姿勢に似たスタイルからしかし、疾走する哀愁を帯びた旋律のボーカルが、異様なほどリズム豊かに彩りまぶしく、寸断なく紡ぎ出されてホールを制圧する。千の幻千の節穴。氷漬けの死体のような静謐と相反する、天体の成り立ちと行く果てを等しく含む動の歌声が、足元の堅い床板をチューイングガムと錯覚するほど不安定にさせるリリックと相まって、聞く者の脳をバグらせ、海の底まで叩き落とすのと同時に重さのない羽みたいに遥か高みへと舞い上がらせる。ハンドルなんてさ初めから。ないないないないないないないが？　鳥は手にする翼をまた。ハンドルなんてなくたっていいが？　なかったよ初めから道も羽も。でも進むんだよ朽ちてももげても。

こんにちは世界。

初めからそこにいた。

——ほとんどの人にとっておそらく、人生でもっとも長く、もっとも短い四分間だったはずだ。天使と悪魔が殴り合いながら抱きしめ合うような演奏が、永遠と有限のはざまで胴体着陸するがごとき唐突さでふいに途切れる。誰もが曲を聞き終えたことを理解できずに、火星の砂漠にでも放り出されたような顔で唖然とする。こんなものを観せられて、聴かされて、それでいて一方的にピリオドまで打たれて、一体この先どうしろというのか。そんな声にならない声がホールに満ちた時、真夏でもないのに汗だくになって肩で息をしていた白雪詩愛が、ふと我に返った顔をして「ねえやばい心逢ちゃん。みんな引いてる」と妹に言った。姉と同じく汗だくになって肩で息をして、姉よりも憔悴した様子の白雪心逢が「あー。まあ仕方ないですね」とつぶやいたところで、その場に掛かっていた魔法が解けた。それでもまだ、みな声を上げられない。隣にいる者同士で顔を見合わせ、まるで数十年の昏睡から覚めたみたいに声を失っている。

「みんなっ、笑顔笑顔」

「いえーい、いえーい」

ステージ上の双子が頬を寄せ合い、ピースサインを送りながら、幼い男の子のように歯を見せて快活に笑った。

ようやく本当の意味で魔法が解けた誰もがそこで初めて沸いた。地鳴りのように床を踏み鳴らし、歓声とも悲鳴ともつかない何かを喉から絞り出し、手のひらをあるいは拳を振り上げて絶頂を伝える。もう一曲、アンコール、ワンモア、様々な声で会場のあちこちからもっとを伝える渇望が上がり、白雪詩愛と白雪心逢は手を振りながら舞台の袖へ去っていき、今度こそ隠しもしない悲鳴が失望も色濃く大ホールを揺らす中、今日の主役だった二人はその足で校長室に向かい、退学届を提出した。

五道院京香、宝島薫子、榊原亜希のグループLINEログより抜粋

あき♪

やられたわ
双子ちゃんたちの部屋、もぬけのから

カオルン

あちゃー

kyouka godoin

やはり計画的な犯行でしたか。

あき♪

叢風館の部屋はほとんどの家具が備え付けだし
あまり私物を持ち込んでない寮生も多いのよね

カオルン

その気になればいつでもドロン

kyouka godoin

こちらは今のところ連絡つかず。
行方も掴めず。

カオルン

うちもー

あき♪

あたしも

kyouka godoin

藤小路先輩の方もまだ手ごたえなしのようですわ。
ついさっきの出来事ですし、打てる手は打っております。
あとは果報は寝て待て、しかないでしょう。

カオルン

ま、子供じゃないし
とりあえずちょっとした家出
ぐらいのテンションでこっちは受け取っとこ

あき♪

想定の範囲内、って佳乃さん言ってたわ

カオルン

それ絶対涙目で言ってるやつ
あの人そういうとこある
でもそこがカワイイ

kyouka godoinがしあ（白雪）、みあ（白雪）、を
グループに招待しました。

しあ（白雪）がグループに参加しました。

みあ（白雪）がグループに参加しました。

～グループ音声通話が開始されました～

～グループ通話が終了しました～

しあ（白雪）がグループを退会しました。

みあ（白雪）がグループを退会しました。

カ
カオルン

うーん
ド正論だった

あ
あき♪

とりあえず一安心よね
まずは連絡ついたんだから

k
kyouka godoin

『え、だって収拾つかないっすよ？
学校辞めないと』
『それと手毬坂にいると心遙たちは
甘えすぎます。みなさんがチヤホヤ
しすぎてくれるので』
以上、記録がてら一字一句。
あのお二人らしい言い方と考え方、
ですわね。

あき♪

本当に辞めちゃうのかしら
双子ちゃんたちの部屋の前に残されてる目安箱、さっきからいろんな子たちがひっきりなしにやってきて、
お手紙を入れていくのだけど
あとお供え物もたくさん
クッキーとかりんごジュースとか
あの調子だとすぐ山のようになっちゃうわ
祭壇とか祠みたいに

カオルン

⛩⛩⛩⛩🗻🗻🗻🗻

kyouka godoin

藤小路先輩も仰っていましたが、詩愛さんも心逢さんもまだ未成年です。
保護者なしでは行くあてもありません。
退学届が受理されるかどうかも怪しいのではなくて？

カオルン

どうかなー？
双子ちゃんたち✌あれぜったい死ぬほどガンコ💪だから
いちど決めたら曲げないタイプっしょ

あき♪

あ

でも佳乃さんだって相当なものよ？
ゴリッゴリの剛腕なんだからあの人

kyouka godoin

k

硬軟織り交ぜて、あらゆる手を尽くすでしょうね。
もちろん我々三人衆も努力は惜しみません。

カオルン

カ

てゆーか
三人衆って呼び方
ぜんぜんカワイくない問題

あき♪

あ

それなー

kyouka godoin

k

それなー

カオルン

カ

まあうちらって
双子ちゃんたちのお願い
聞いちゃってるわけじゃん

カオルン

何があっても双子ちゃんたちを支えるってさ
だからまあ退学しても約束どおり支えなきゃなんだけど

カオルン

でも逆に言うとそれって
これからも関わっていいってことっしょ

kyouka godoin

それにしても、藤小路先輩が白雪シスターズを評して言った言葉が心にしみますわ。
〝光り輝くことから愛されてる子たち〟……ですか。

kyouka godoin

興味深いのは、二十年前にも同じような騒動があった、ということですわね。

カオルン

先代の白雪シスターズの話？
血は争えんよなー
どんな人たちだったんだろね

kyouka godoin

表現者です、と藤小路先輩は仰っておりました。

カオルン

含蓄あるぅ

あき♪

せっかくだから、双子ちゃんたちのカワイイところを挙げていくゲームをしましょう
あたしはね、双子ちゃんたちが同じタイミングで顔を見合わせてる瞬間が好き

カオルン

あるあるすぎる
ぴったり左右対称✌✌なんよね

kyouka godoin

動きとかセリフとかがシンクロしたりする瞬間。
あれ尊いですわ。

カオルン

それなー

あ　あき♪

その瞬間をひとりじめしたい気持ち
にもなるわよね

k　kyouka godoin

それなー☝😆😆😆

五月三十一日が間もなく夜を迎えようとしている。

「……前から思ってたことなんだけどさー」

「何ですか詩愛さん」

「三人衆って呼び方ぜんぜん可愛くないよね」

「それなー」

渋谷駅ちかくのMIYASHITA　PARK。空いたベンチに腰掛けて、白雪シスターズは空を見上げている。

着替えは済ませた。

身の回りのものを詰めた大きめのバッグも用意した。

「それにしても下手だったなー」

スマホの液晶画面を消して、詩愛がボヤく。

「相変わらず自分のギターは。まあ練習足りないんだから当たり前なんだけど」

「心逢の歌も微妙でした」

諸行無常を感じさせる達観した顔で、心逢もボヤく。

「まあ本職ではありませんから……と言い訳したいところですが。やる以上はそんなこと言ってられませんからね」

「ウケもいまいちだった」

「いいじゃないですか、そこは想定済みだったんですから。カバーじゃないオリジナル曲ですし」

「ま、ね。どうせあれ以上はできない気がする。自分の体感的にはあれでぜんぶ出し切った感じ」

「及第点ですか、ほとんど一発勝負だったにしては」

「ま、ね。でもテクニック的なことはともかくとして、それ以外のことは……演奏への入り込み方とかそういうのは、やっぱあれ以上はもうできないのかも。何かやり切っちゃった気がしなくもないかな」

「心逢、ちょっと想像したんですけど。お母さんたちも、あんな風にして可能性をひとつずつ潰していったんじゃないかな、って」

「あー。それちょっとわかる気がする。何を大げさに、って言われるかもだけどさ。せっまいところ、ひっくいところでゴチャゴチャやってるだけだし自分ら」

「まあ音楽は詩愛さんの専門分野なので。心逢はまだ全力を出し切っていない、という言い訳ができますが」

「うわひっど。自分ら双子っしょ？　ズッ姉妹っしょ？　痛みと悲しみは半分こ、喜びと楽しみは何倍にでも、ってスタンスでいくんじゃないの？　心逢ちゃんの本が売れた時も印税は半分こでさ」

「そんな都合のいい話がありますか。将来的にも銀行の口座だけはぜったいに分けますからね？　詩愛さんは詩愛さんでちゃんと稼いでくださいよ？」

「えー。いいじゃん養ってよー。音楽の方は何か反応ビミョーだったし、これからは心逢ちゃんの活動を支えていった方がコンビとして効率いいと思うわけ。必要でしょ？　マネージャーとか雑用係とか。自分、こうみえてけっこう働くよ？　心逢ちゃんの好みとかもぜんぶわかってるし、いい仕事するよ？　ねえねえいいでしょ？　ねえねえ」

「ええい、縋りつかないでください鬱陶しい。心逢だって参加賞のノート三冊しかもらったことのない立場なんですから、ごく潰しの姉を雇ってる余裕なんてあるわけないでしょう？」

夫婦漫才みたいなやり取りをくり広げる双子たちを、通りすがりの人々が何事かと見ていく。周囲の目はお構いなしで、ふたりはどこにでもいる友達同士みたいにはしゃいでいる。

「――ま、そんなことはさておき」

じゃれ合いが一段落したところで詩愛が吐息をつく。

「これからどうする心逢ちゃん？」

「こんなこともあろうかと、ちょっとした現金は用意してあります」

懐のあたりをぽんぽん叩いて心逢が応じる。

「おばあさまにも話は通しておきましたし。事情を話したら呆れてましたけど」

「でも『好きになさい』って言われたよね？」

「『ただし連絡はこまめに』とも言われたでしょう。約束を破ったら連れ戻されますよ、有無を言わさず」

「逆に言えば、音信不通にさえならなければ好きにやらせてもらえるんだからさ。自分らもあんな風に学校やめてきたからには、手ぶらじゃちょっと帰れないもんね」

「うちのお母さんたちのそのまたお母さん、ですからあの人は。こういうことには慣れてる感じがありますよね。……というわけで、当面の間は自由行動かと」

「自分、放浪の旅とかしてみたかったんだー」

「心逢もです。あたたかい季節で助かりましたよね」

「ちょっと早い夏休みだよね」

「あ、横沢さんから送られてきてるＬＩＮＥのメッセージのレスはどうします？」

「翠ちゃんなー……いやー、さすがにちょっと、気分が重くて見らんない」

「明らかに切羽詰まった風の長文が送られてきてますもんね……あの人には何の責任もないことなんですが」

「拉致って巻き込んだ責任はあるよねえ。ＬＩＮＥを交換した責任もあるかな。この状況でブロックするのは人として終わってるから論外だし……まあ、はい。そのうち対処するわ。心逢ちゃんのマネージャーとして、そこはお姉ちゃんが役目を果たそうじゃないの。ほらさっそく役に立ったよ自分。どうです？　どうです？」

「養いません」

「養ってよぉ～」

「御免こうむります」

ふたたび縋りつく詩愛と、邪険にする心逢。

「ねえ心逢ちゃん」

ふいに詩愛は心逢の顔を覗き込む。妹の膝の上に頭をのせて強引に膝枕しながら、

「不安？」

「いいえ。心逢には詩愛さんがいますから」

「……やっぱそう思うー？　白雪シスターズはズッ姉妹！　わあ尊い！」

「口座は別々にしますけどね」

「そこも一心同体でなんとか……」

「さてそろそろ行きましょうか。うちの母親たちがどんな人たちだったのか、ある程度は肌で感じることができましたし。引き続きあの人たちの背中を追いかけることにしましょう。できれば次は、あの人たちとは別のやり方で」

「はいよー。お腹空いたしね、とりあえず何か食べよっか」

「ですね。腹が減っては戦はできません」

「あとりんごジュースも」

「ごはんが食べられなかったとしてもそこはマストですからね。……ちなみに詩愛さん、今回の曲は何のパクリだったんです？」

「ＲＯＳＳＯ。心逢ちゃんの歌詞はどこから？」

「Ｃｏｃｃｏからインスピレーションを拝借して」

「それなー」

　ベンチから立ち上がり、誰そ彼時の中で肩を寄せ合い、街の雑踏の中へとまぎれていく詩愛と心逢。

　おそらく前代未聞の顛末で高校デビューに大コケした彼女たちの選んだ道は、果たして遠回りなのか近道なのか。

　双子の行き着く先はまだ誰も知らない。

《Watch over the twins on their journey!》

本作は書き下ろしです。
本作品はフィクションです。実在の人物や団体、地域とは一切関係ありません。

TO文庫

双子探偵 詩愛＆心逢

2025年5月1日　第1刷発行

著　者　鈴木大輔
発行者　本田武市
発行所　TOブックス
〒150-6238 東京都渋谷区桜丘町1番1号
渋谷サクラステージSHIBUYAタワー38階
電話 0120-933-772（営業フリーダイヤル）
FAX 050-3156-0508

フォーマットデザイン　金澤浩二
本文データ製作　TOブックスデザイン室
印刷・製本　中央精版印刷株式会社

Printed in Japan ISBN978-4-86794-493-6